Ich hoffe nichts,
ich fürchte nichts,
ich bin frei.
Grabinschrift Nikos Theodorakis

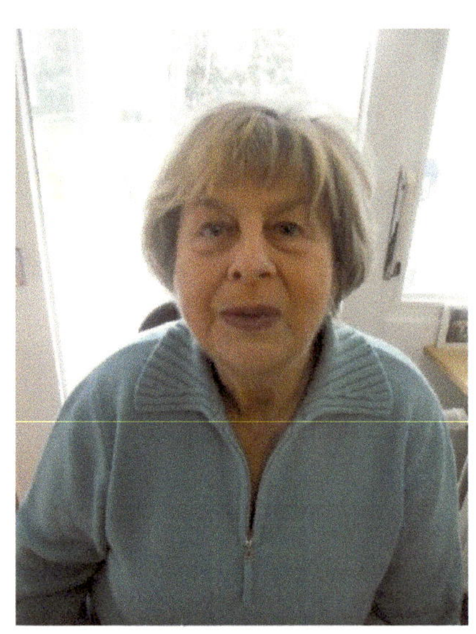

Guten Tag,
ich heiße Karin Fruth
und ich lebe schon seit vielen Jahren in Köln.
Mit meinem verstorbenen Mann, dem
Archäologen, waren wir jedes Jahr im
Campingbus kreuz und quer durch Europa
unterwegs gewesen und haben Archäologie, Land
und Leute kennengelernt.

Ich war 37 Jahre berufstätig und habe u.a. mit der
Kunstvermittlung TRAdeART über 80 Kunstausstellungen
für Künstler aus Osteuropa organisiert.
Meine neueste Leidenschaft gilt nun über 22 Büchern, in
denen ich die in nur drei Jahren die Erlebnisse, Ideen und
Phantasien meines bunten Lebens im Tredition-Verlag
herausgebracht habe.

Feuerkinder

Erinnerungen aus der Steinzeit

tredition

© 2024 Fruth Karin
Umschlag, Illustration: Fruth, Tom Bjorklund
Weitere Mitwirkende: -. Tuija Kirkinen, H.G. Wells, Hermann Parzinger, K. Spindler u.a.
Druck und Distribution im Auftrag Karin Fruth
tredition GmbH, Halenreie 40-44, 22359 Hamburg, Deutschland

ISBN
Paperback   978-3-347-737
Hardcover   978-3-347-73702-0
e-Book   978-3-34703-7

Alles begann mit dem Feuer

Vor etwa 17.000 bis 12.000 Jahren entstanden in Kleinasien die ersten sesshaften Gesellschaften, die Ackerbau und Viehhaltung betrieben (Neolithische Revolution).

Erst, nachdem sich die Eismassen nach der letzten Eiszeit nach Norden verzogen, wurde Europa von einem Netz an Tauschhandelswegen überzogen. Die Alpen waren ziemlich dicht besiedelt. Da wurden Kupferbeile und Hightech-Werkzeuge aus Feuerstein und Holz quer über den Kontinent getauscht – Bärenfell und Keule waren damals schon von gestern.

Für die Entwicklung des Menschen war das Feuer ein wichtiger Meilenstein, denn es veränderte ihr ganzes Leben, das Feuer wärmte und gab ihnen

Sicherheit vor wilden Tieren. Außerdem konnten sie erbeutetes Fleisch jetzt braten, und so wurde es leichter verdaulich.

Forscher vermuteten, dass das gebratene Fleisch außerdem dem Körper ermöglichte, leichter an wichtige Nährstoffe zu kommen. Dieses Plus an Energie war auch entscheidend für die Entwicklung des menschlichen Gehirns.

Das erste Feuer wurde durch Blitze und Waldbrände von der Natur selbst erzeugt, die Menschen bemerkten seine Kraft und brachten brennendes Material in Ihre Behausungen.

Das technisch anspruchsloseste Verfahren zum Entfachen eines Feuers basierte auf dem Erzeugen von Hitze durch Reibung. Das funktionierte, indem man zwei Stöcke aneinander reibt. Weitere Entwicklungen sind das Feuerpflügen, Feuersägen und Feuerbohren. Dabei wird glühender Holzstaub erzeugt, der anschließend vorsichtig auf ein Zundernest geschüttet werden kann, um eine Flamme zu entfachen.

Um Funken zu erzeugen, konnte man Feuerstein gegen einen Funkenspender wie Pyrit, Markasit oder Feuerstahl schlagen. Der Funke fiel dann auf einen Zunder wie z. B. auf einem Feuerschwamm, einen Pilz wie einen Birkenporling oder auf trockenes Heu und begann zu glimmen.

Das „Anfeuern" wird dann mit aufgefächerten Astspänen oder trockenem Gras weitergeführt, es muss nur dann genügend Sauerstoff an den Brennstoff wie z.B. durch Pusten gelangen. Auf diese Art wurde noch bis ins 19. Jahrhundert viele Feuer angezündet.

Durch den Fund eines vollständigen, leicht verrußten Mammutober-schenkelknochens und einer Schaufel eines größeren Ren Geweihs in der Nähe der Feuerstelle rekonstruierte man sogar eine mögliche Grillvorrichtung.

Der Innenraum war durch Steinanhäufungen, stegartige Pflasterungen und freiere Flächen gegliedert. In der Mitte des Zeltes befand sich meist eine von Quarzit und Schiefer eingefasste und manchmal mit einer Basaltplatte abgedeckte Feuerstelle. Rings herum lagen die kraquelierten Steine, die vom Feuer übriggeblieben waren.

Gekocht wurde in Gruben im Boden, die mit Leder oder Tiermägen abgedichtet waren. In diese Gruben gab man im Feuer erhitzte Steine, die die Flüssigkeit zum Sieden brachten.

Weil das Feuer Bakterien und Keime zerstörte, konnte man die Fleischnahrung länger aufbewahren. Um größere Mengen Fleisch für längere Zeit haltbar zu machen, wurde es in langen Streifen getrocknet und eingesalzen. Diese Methode kennen auch heute noch die Ureinwohner Kamtschatkas und die Indianer Nordamerikas. Oder Fett und Talg wurde mit zerstoßenen Moltebeeren zu einer Paste verarbeitet, die viele Vitamine konservierte und das Fleisch länger haltbar machte.

Aushöhlungen aus Stein dienten als Lampen, indem man dicke Schieferplatten aushöhlte und mit Tierfett füllte, und mit einem Docht gab und anzündeten.

Sehr wichtig waren für die steinzeitlichen Menschen die Werkzeuge. Es begann mit Feuersteinen, die einfach zugerichtet wurden. Es entstanden Klingen, Schaber, Bohrer und Mikrolithen, die auch zu Pfeilspitzen verarbeitet und geschäftet werden können.

Typisch für diese Zeit waren Waffen und Geräte wie Klingen, Stichel, Kratzer, Bohrer, Mikrolithen und Speerspitzen aus Feuerstein oder Knochenmaterial, die manchmal auch kunstvoll mit Gravuren verziert wurden.

Zwei Vögel als Bindeglied zwischen Hirschkuh (links) und Fisch (vermutlich ein
 männlicher Lachs): die Tiere der Erde und des Wassers, verbunden durch die Tiere des Himmels (Frankreich, um 12.000 vor heute)

Auf einem Knochen fanden sich drei Köpfe von Hirschkühen, die auf einen Hirsch-Knochen (Frankreich, um 12.000 vor heute) graviert. Das rote Eisenoxid Hämatit wurde zum Färben und wahrscheinlich auch zur Körperbemalung verwendet. Schmuckschnecken, die aus dem Mittelmeer oder Atlantik stammen, belegen, dass es schon damals einen weitreichenden Handel gab.

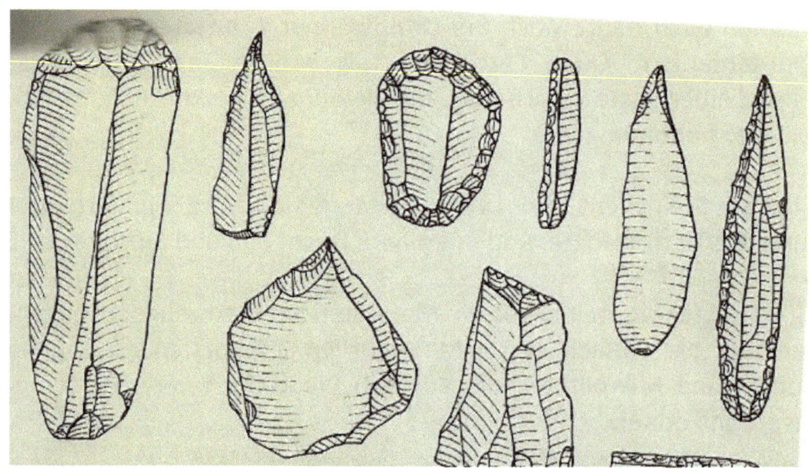

Als Jagdwaffen verwendete man außerdem Speerschleudern und Harpunen, mit denen man Weiten von bis zu 140 Metern erreichen konnte. Sehr häufig sind halbgerundete Stäbchen und durchbohrte Stäbe, die oft verziert sind, außerdem gab es Angelhaken, Harpunen und Steinschleudern.

Wahrscheinlich waren manche kleine Werkzeuge geschäftet, um sie besser benutzen zu können. So entstanden Pfeile mit einer großen Reichweite und so konnten sie größere und flinkere Tiere erledigen.

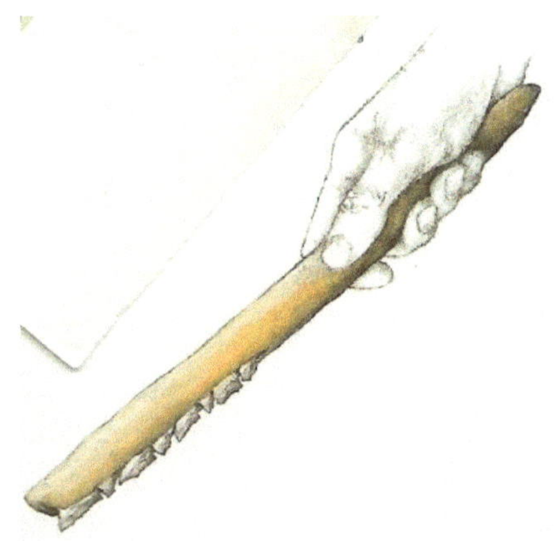

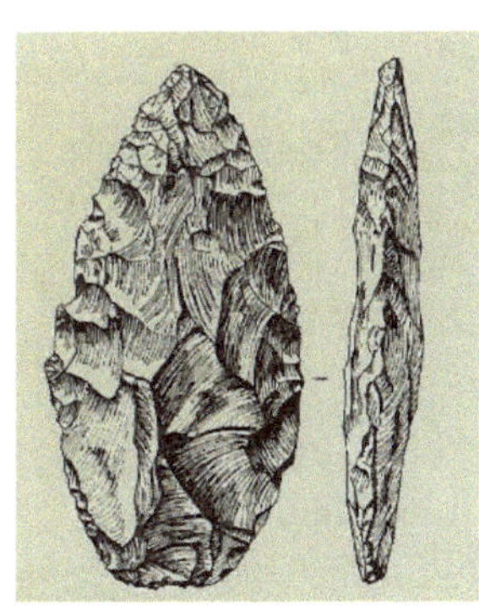

So wohnten die Menschen in der Steinzeit

Die ältesten Behausungen der Menschen müssen wohl Höhlen oder in Abris gewesen sein, um der strengen Kälte und der Feuchtigkeit zu trotzen.

Zuerst baute man wahrscheinlich einfache Unterstände aus Laub und Zweigen, um das Feuer zu schützen. Daraus wurden später Sommerlager in tipiähnlichen Zelten, die bei

Bedarf leicht auf- und wieder abgebaut und transportiert werden können. So konnten sie das ganze Jahr den Tierherden hinterherwandern.

Angeregt durch völkerkundliche Vergleiche aus Amerika, Asien und Kamtschatka rekonstruierte man rundliche Zelte aus senkrecht aufgehenden Wänden und einem flach-kegelförmigen Dach mit einem Firstloch, das durch einen Mittelpfosten getragen wurde. Bedeckt war das Gerüst mit Fellen oder Leder. So konnte man das Lager jederzeit auf- und wieder abbauen.

Die Bauten besaßen meistens zwei Ausgänge, einen im Südosten und einen im Nordwesten. Außen wurden die Zelte mit Beschwersteinen befestigt, damit sie nicht wegfliegen konnten.

Wie konnte man das alles herausfinden? Dazu gibt es heute viele augefeilte Techniken. Man untersuchte die Fundstreuung aller Absplitterungen und suchte die zusammenpassenden Bruchstücke wie ein Puzzle und stellte so Verbindungslinien zum Beweis her.

Durch DNA-Analysen und viel EDV-Unterstützung mit KI konnte man zahlreiche Schlüsse der Grabungsmaterialien rekonstruieren, so dass durch diese Erkenntnisse umfangreiche Schlüsse über die Lebensart der früheren Bewohner ziehen, die vor einigen Jahren noch nicht möglich gewesen wären.

Der Mensch in seiner künstlerischen Welt

Viele Zeichnungen zeigten einen Handabdruck, der wahrscheinlich bedeutete: „Ich war persönlich hier. Die Jagdbeute soll mich und meine Menschen sattmachen, und darum will ich sie jetzt auch haben."

Also zeichnete man Rentiere, Pferde(Lascaux) und diverse Kleintiere.
Die Höhlenmalereien sind entweder graviert oder gemalt. Viele Tiere sind erstaunlich detailgetreu dargestellt und die Steinzeitkünstler passten sich oft den Wandstrukturen an, damit ihr Werk plastisch erscheint.

Die Jäger folgten den Rentier- und Wildpferdherden bei ihren jahreszeitlichen Wanderungen und versuchten, sie an Engstellen und sich verengenden Tälern zu stellen. An solchen Stellen wie Solutré wurden teilweise hunderte Skelette erlegter Tiere gefunden

In diesen oft ziemlich unzugänglichen Höhlen wurden wahrscheinlich kultische Handlung abgehalten, um Jagdglück der Menschen zu erbitten. Aus dem

Magdalénien stammen viele berühmte Höhlenmalereien in der Höhle von Lascaux, Trois-Freres, Rouffinac und Altamira.

Überall fand man stilisierte Venusfiguren, die für Geburt und Mutterglück sorgen sollten. Im Magdalénien fand man insgesamt zu neuem und außergewöhnlichem künstlerischen Ausdruck: Fels- und Höhlenmalerei,

Felsskulpturen, die Ritzzeichnungen der Plattenkunst, Schmuck, Musikinstrumente und eine ausgesprochene Freude an Verzierungen an den beweglichen Objekten.

Dies alles weist auf einen hohen Intelligenzgrad hin, denn diese sog. „Wilden" waren keineswegs dumm und primitiv, und auch das war ein Grund, warum die „sog. Wilden" überlebten und ihr Leben meistern und sich vermehren konnten.

Mode in der Steinzeit

Dort, wo ein warmes Feuer brennt, ist es dem Mensch nicht kalt. Wenn er aber die ganze Zeit nur am Feuer sitze würde, müsste er verhungern. Also musste er auf die Jagd gehen und Brennmaterial besorgen, Waffen und Werkzeuge herstellen, und sich mit hergestellter Kleidung aus Fell irgendwie gegen die Kälte schützen.

Schnell stellte man fest, dass man die erbeuteten Felle so präparieren musste, dass sie von Fett und Unterhautgewebe befreit weich und geschmeidig wurde. Um die Kleidung herzustellen, benötigte man Schaber und später Knochennadeln. Damit wurden dann die Fellstücke aneinandergenäht.

Anfangs müssen es wohl mantelähnliche Umhänge gewesen sein, die je nach Windrichtung geschlossen werden konnten, später wurden dann wie bei den Indianern Alaskas passendere Kleidung hergestellt.

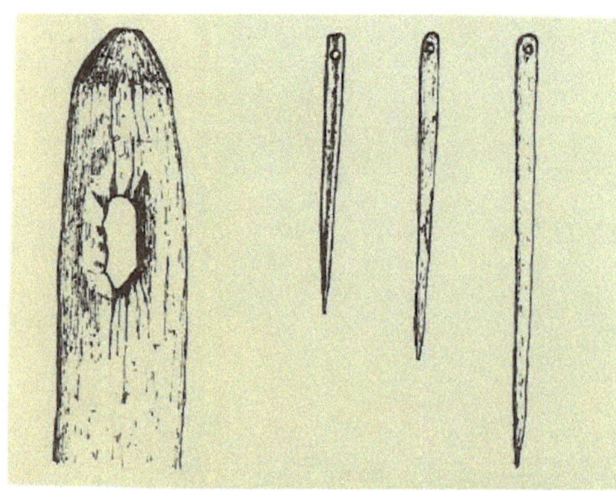

… und plötzlich steht vor uns ein Steinzeitmensch

Heutzutage haben die archäologischen Museen jede Menge Möglichkeiten, die archäologischen Funde spannend und ausführlich mit neuen 3D-Techniken zu präsentieren.

Da stehen plötzlich lebensgroße Ötzis, Neandertaler und Mammute in den Museen herum, perfekte Rekonstruktionsversuche in 3-D-Technik, die das damalige Steinzeit-Leben für uns heutige Augenmenschen sichtbar darstellen sollen.

Denn es wird komplett vergessen, dass diese Menschen nicht real oder ausgestopft waren, diese Exponate der musealen Darstellungen oft nur Ergebnisse umfangreicher naturwissenschaftlicher Analysen. Aus Zähnchen, Haar-Spuren und Fellresten steht plötzlich ein kompletter Mensch vor uns.

Trotzdem bleiben diese Ergebnisse doch immer noch Interpretationen, die aus computergenerierten Daten entstanden sind, denn wir heutigen „Augen-„ Menschen geben uns nicht wie früher so oft mit einem Haufen Steine in einer Vitrine zufrieden.

Immer spezialisiertere Ausgrabungsmethoden den der letzten Zeit erbrachten viele neue Erkenntnisse über die damals lebenden Menschen, die damals keineswegs primitive, keulenschlagende Affen waren, sondern die uns heutigen Menschen ziemlich ähnlich sind.

Ihre Lebenserwartung betrug damals ca. 30 - 40 Jahre, und ihre Toten wurden liebevoll bestattet, mit Rötel bedeckt und oft wurde ihnen ihre Lieblingsdinge oft mit ins Grab gelegt.

 Sie glaubten also damals schon an ein weiteres Leben in der Zukunft. Und sie trauerten genauso wie wir um einen verstorbenen Menschen und begruben ihn in besonders angelegten Gräbern, die oft mit Blumen verziert worden waren.

Und wie hat man das herausgefunden? Indem man eine Genanalyse des Grabes vornahm und die entdeckten einzelnen Gräserpollen den Pflanzen zuordnen konnte.

Die ersten Menschen kamen aus Afrika und es brauchte Millionen Jahre, bis sie zu dem Homo sapiens wurden, dem „vernunftbegabten" Menschen, die wir angeblich heute sind.

Der heutige Mensch ist immer noch ein „Säugetier", das hat sich in der langen Zeit nicht viel geändert, der Brutpflegetrieb ist bei Menschen- und Tierfrauen gleichermäßig normal vorhanden, denn ohne Mutterliebe kann der Mensch nicht heranwachsen. Aber auch er kann nicht ohne Nahrung überleben.

Also ist das wichtigste Lebenselement aller Lebewesen immer noch „das Fressen" zuerst, also das Sattwerden. Danach kommt die Macht über andere Menschen, darin ist auch der „Sex" enthalten, eine sehr dominierende, lebenserhaltende Macht, den ein Mensch über den anderen ausübt, ein Urtrieb, damit seine menschliche Art nicht ausstirbt und er überlebt.

Das Gehirn erhielt der Mensch zuletzt, es entwickelte sich aufgrund der Nahrungsverbesserung und wuchs, es brachte ihm kulturelles und materielles Fortkommen, die Sprache und zahlreiche Features, die man nicht immer nur zum Guten verwenden kann. Diese Ergebnisse wurde schriftlich festgehalten, in Steine geritzt und auf Papyrusrollen gebannt.

In der Neuzeit entstanden zahlreiche erbauliche und gute Schriften, die Bibel, die ewige Suche nach dem Guten und dem immerwährendem Triumph des Bösen. Im Mittelalter entstanden die ersten gedruckten Bücher und Zeitungen, und im Laufe der Jahrhunderte entstanden Bibliotheken, die irgendwo verstauben, wenn sie nicht durch computergerechte „Häppchen" aufbereitet und visualisiert und damit weiterhin am Leben gehalten werden. Aufregend sind für die meisten nur die Angebotzettel mit den großen Preisknaller-Sonderangeboten.

Der größte Antrieb, ob ein Mensch gut oder böse ist, wurde durch das Feuer im Gang gehalten.

Wer wird Sieger sein in diesem ewig ungleichen Spiel des Menschen?

Und nun träumen wir uns zurück in weit vergangene Zeiten, bevor der Mensch das Feuer zu seinem Freund machte und als es noch keine richtige Sprache für die Menschen gab.

Natürlich bin ich hell begeistert, wenn ich feststelle, wenn ich heute ein Museum besuche und dort komplette Ötzis, Mammute und komplette Saurier vorfinde und keine Vitrinen voller Knochen und Scherben.

Mein Mann würde streng dazu sagen: „alles nur Rekonstruktionsversuche" aber sein ganzes Wissen wurde vom PC und KI überholt, denn aus der DNA lassen sich heutzutage wirklich grandiose Erkenntnisse gewinnen, von denen man vor einigen Jahren nicht mal zu träumen wagte.

Darum entstand dies Buch „Feuerkind", in dem ich die vielen Erfahrungen meines Lebens mit einem Archäologen, den Recherchen und dem Stöbern in alten, verstaubten Schinken zusammengetragen und zu verdanken habe.

Und ich habe sogar bei vielen Exkursionen in den Höhlen der Dordogne im Vezeretal die Original-Felsbilder und Zeichnungen gesehen und bei vielen archäologischen Ausgrabung mitgegraben habe.

Feuerkinder
Teil 1

Vor ungefähr 700.000 Jahren lernten die Menschen, das Feuer einzufangen. Dabei warteten sie auf einen Blitzeinschlag und brachten dann das entstandene Feuer in ihre Behausungen.

Die Vergletscherungen der letzten Kaltzeit bedeckte das nördliche Eurasien und Nordamerika mit riesigen Eisschilden, die zum Teil mehrere Kilometer dick waren. Während heute etwa 10 % der Landfläche der Erde von Gletschereis bedeckt sind, waren es in der letzten Kaltzeit 32% der Landfläche.

Das skandinavische Inlandeis bedeckte Nordeuropa, und sogar die großen Alpen waren vergletschert, ihre Gletscher strömten in das Alpenvorland und vereinigten sich zu einem Eisstromnetz. Nur die höchsten Gipfel ragten noch daraus hervor. Durch das Abschmelzen der Gletscher hoben sich diese Gebiete an, ein Prozess, der als postglaziale Landhebung bezeichnet wird und bis heute andauert.

Die Vergletscherungen der Kaltzeit führten in der Nähe der Gletscherränder zu starken trocken-kalten Fallwinden durch die von ihnen herabströmenden kalten Luftmassen. Diese Winde transportierten große Mengen loses Sediment von Flächen mit geringer Vegetationsdecke fort, dass sich dann anderswo zu Löss anhäufte.

Wegen der gewaltigen Wassermassen, die in den Eisschilden gebunden waren, sank während der letzten Kaltzeit der Meeresspiegel auf mehr als 100 Meter unter den heutigen Stand ab. Schelfmeere wie die Nordsee fielen in weiten Teilen trocken. Dadurch vergrößerte sich die Landfläche der Kontinente und Inseln und es entstanden Landbrücken, die es Tieren und Menschen ermöglichten, Gebiete zu erreichen, die später durch den ansteigenden Meeresspiegel wieder voneinander getrennt wurden.

Die Landbrücke Beringia verband Asien mit Nordamerika und ermöglichte so die Besiedlung Amerikas. In Europa gab es eine Landbrücke zwischen Irland, den Britischen Inseln und dem europäischen Festland, die im Bereich der

Nordsee Doggerland genannt wird. Zum tiefsten Meeresspiegelstand waren viele der heutigen Mittelmeerinseln mit dem Festland verbunden.

An den Hängen der Bergkette, unterhalb der grasbewachsenen Plätze, wo die wilden Pferde weideten, gab es Wälder von Eichen, Ulmen und Edelkastanien, und hier versteckten sich Grizzlybären und Hyänen, und graue Affen kletterten in den Zweigen.

Alles begann mit dem Feuer, als der als Jäger und Sammler lebende, anatomisch moderne Mensch *Homo sapiens* aus Afrika kam und sich über alle Kontinente der Erde ausbreitete.

Dagegen starb der Neandertaler in der letzten Kaltzeit vor ungefähr 27.000 Jahren aus.

Und der Antrieb aller Menschen war das Feuer.

Anduh und Jula - Nachrichten aus der Steinzeit
H.G. Wells

Diese Geschichte von Anduh und Jula, von denen ich heute berichte, stammt aus uralter Zeit, als man noch trockenen Fußes von Frankreich nach England gehen konnte. Die Themse floss breit und träge durch ihr Sumpfland, um Vater Rhein zu begegnen, der durch ein weites, ebenes Land strömte, das heute unter Wasser steht und unter dem Namen Nordsee bekannt ist. Und vor ungefähr vor fünfzigtausend Jahren ereignete sich ein Drama, zwischen Sumpfland, Waldungen und offenen Wiesen, wenn man sich auf die Rechnung der Geologen verlassen kann.

Der Frühling war damals genauso fröhlich wie jetzt und jagte das Blut schneller um, genauso wie heute. Der Himmel war blau am Nachmittag, weiße Haufenwolken segelten über ihn, und der Südwestwind kam wie eine sanfte Liebkosung und die gerade heimgekehrten Schwalben strichen hin und her.

Die Ufer des Flusses waren mit weißen Ranunkeln besät und die sumpfigen Stellen starrten von Wiesenkresse, und Samtpappeln leuchteten hervor, wo die Schwerter des Riedgrases es zuließen.

Die nordwärts ziehenden Flusspferde, glänzend schwarze Ungeheuer, trieben plump ihr Spiel und kamen daher in einem dunkeln Gefühl der Freude, überall herumpatschend und -klatschend, und nur von dem einen klaren Gedanken besessen, das Wasser des Flusses trübe zu spritzen.

Flussaufwärts plantschte eine Menge kleine, ledergelbe Tiere im Wasser. Da gab's weder Angst noch Feindschaft zwischen ihnen und den Flusspferden. Wenn die großen Ungetüme durch das Schilf daher getrampelt kamen und den Wasserspiegel in Silbersplitter zerschlugen, schrieen und tobten diese kleinen Geschöpfe vor Lust. Es war das sicherste Zeichen des vollen Frühlings. »Buluh!« riefen sie. »Baajah! Buluh!«

Es waren die Kinder des Menschenvolks, deren Lagerplatz auf dem Hügel am Flussknie der Rauch aufstieg. Wildäugige Burschen mit verfilztem Haar und kleinen, breitnasigen Koboldgesichtern, die (wie manche Kinder sogar heutzutage noch) mit einem zarten Flaum kleiner Härchen bedeckt waren.

Sie waren schmal in den Hüften und hatten lange Arme. Ihre Ohren hatten keine Läppchen, sondern kleine spitzige Zipfel, etwas, das auch jetzt noch

25

manchmal vorkommt. Es waren splitternackte, ausgelassene kleine Wesen, beweglich wie Affen und wie diese voller Geschnatter, obwohl sie nur wenige Worten hatten.

Ihr Siedlungsplatz war niedergestampfter Boden inmitten der toten braunen Zweige der Königsfarne, zwischen denen die neuen Blüten des Bischofsstabes sich in dem Lichte und der Wärme gerade neu entrollten.

Das Feuer war ein rauchender, kohlender Haufen, hellgrau und schwarz, den die alten Frauen von Zeit zu Zeit mit braunen Blättern und trockenen Zweigen neu anfachten, um »Bruder Feuer« zu füttern, damit er davon groß und stark werde, wenn die Dunkelheit wiederkäme und damit er sie vor den wilden Tieren schütze.

Die meisten Männer schliefen im Sitzen mit den Stirnen auf den Knien. Sie hatten gute Jagdbeute gemacht, ein Elch, das vorher von jagenden Hunden verwundet worden war. Es war für alle genug da; also gab es keinen Streit unter ihnen, und einige Frauen nagten immer noch an den Knochen, die weithin verstreut worden waren.

Nur zwei Frauen stapelten Kieselsteine auf, die sie vom Ufer des Flusses, herbeitrugen, wo die Kinder spielten, einen ganzen Arm voll auf einmal.

Keiner dieser braunhäutigen Menschen war bekleidet, aber manche trugen rohe Gürtel aus Schlangenhaut um die Hüften oder knisternde, unbearbeitete Häute aus abgerissenen Tierpfoten, an denen kleine selbstgemachten Beutel hingen. Darin trugen sie die roh behauenen Feuersteine, die damals die Hauptwaffen und -werkzeuge der Menschen waren. Nur eine Frau, die Gefährtin Uyas, des »Schlauen Mannes«, trug eine wundervolle Halskette von aufgereihten Steinen, die schon andere vor ihr getragen hatten.

Neben den Männern am Feuer lagen große Elchgeweihe, deren Zacken an den Kanten scharf gemacht worden waren, und lange Stöcke, deren Enden mit Steinen zu scharfen Spitzen zugehauen waren.

Nur Uya der Schlaue schlief nicht; er saß da, hatte einen Knochen in der Hand und schabte emsig an einem Feuerstein herum. Er war der älteste Mann des Stammes, mit buschigen Augenbrauen. er trug einen Bart, seine Wangen waren haarig, und seine Brust und Arme waren schwarz vor dichtem Haarwuchs. Er war Herr des Stammes, weil er besonders schlau und besonders stark war, und darum war sein Anteil bei der Beute immer der größte und der beste.

Jula hatte sich zwischen den Erlen versteckt, denn sie fürchtete sich vor Uya. Sie war noch ein Mädchen, ihre Augen waren hell, und ihr Lächeln war lieblich. Er hatte ihr ein Stückchen Leber gegeben, eigentlich ein besonderes Stück für Männer, und eine herrliche Mahlzeit für ein Mädchen.

Aber als sie es genommen hatte, sah den bösen Blick der anderen Frau mit der Halskette, und Anduh, der Jungmann ließ einen gurgelnden Laut hören.

Daraufhin hatte ihn Uya lang und fest angesehen und Anduhs Blick hatte sich gesenkt.

Dann hatte sie Uya angesehen, und sie bekam plötzlich Angst vor ihm, während die anderen weiter aßen und Uya sich gerade emsig mit dem Mark eines Knochens beschäftigte. Danach war er einfach umhergegangen, als wollte er nach ihr sehen. Und jetzt hockte sie unter den Erlen und fragte sich immer wieder, was Uya wohl gleich mit dem Stein und dem Knochen machen werde.

Plötzlich kam ein Eichhörnchen zwischen den Erlen daher gesprungen, und sie lag so still, weil das kleine Tierchen nur noch sechs Fuß von ihr entfernt war, ehe er sie sah.

Da nahm Anduh hastig einen Zweig auf und begann mit Jula zu zanken: »Was machst du da, abseits von den anderen Menschen? Das sollst du nicht, das ist Gefahr.«

»Sei still!« sagte Jula. Aber er schimpfte noch mehr, und da begann sie, kleine schwarzen Tannenzapfen abzubrechen und nach ihm zu werfen. Er sprang kreuz und quer, um sie zu foppen, und forderte sie heraus, und das feuerte sie an; sie sprang auf, um besser werfen zu können, und da sah sie plötzlich Uya, der gerade den Hügel herunterkam. Er hatte die Bewegung ihres blassen Armes im Dickicht gesehen, denn er hatte sehr scharfe Augen.

Darüber vergaß sie das Eichhörnchen und machte sich zwischen Erlen und Schilfrohr davon, so schnell sie nur konnte. Es war ihr gleichgültig, wohin sie lief, wenn sie nur Uya entging. Sie watete fast knietief durch eine sumpfige Stelle und sah vor sich einen Abhang voll Farnkräuter, die dünner und grüner wurden, je weiter sie aus dem Licht in den Schatten der jungen Kastanienbäume kamen.

Bald war sie mitten zwischen den Bäumen, und sie lief trotzdem immer weiter, bis der Wald viel dichter wurde und die Täler tiefer. Die Weinranken um die

Stämme waren dort dick wie junge Bäume, und wo das Licht einfiel, waren die Efeuranken stark und dicht.

Und weiter lief sie und verdoppelte ihre Schritte immer von neuem. Endlich legte sie sich zwischen einige Farne in eine kleine Mulde neben einem Dickicht, und horchte, während das Herz ihr in den Ohren pochte.

Plötzlich hörte sie Schritte im welken Laube rascheln, weit weg, und dann starben sie wieder hin und alles war still, bis auf das Schwirren der Mücken. Der Abend brach herein, und sie hörte das unaufhörliche Wispern der Blätter. Heimlich lachte sie bei dem Gedanken, dass der schlaue Uya gleich an ihr vorübergehen könnte.

Sie hatte ein eigenartiges Gefühl, wenn sie ihn sah, aber es war keine Angst. Schon manches Mal, wenn sie mit den anderen Jungen und Mädchen gespielt hatte, war sie einfach so in den Wald geflohen, allerdings niemals vorher so weit wie jetzt. Es war lustig, versteckt und allein zu sein. Hier fand sie keiner.

Lange Zeit lag sie da und freute sich, dass sie entwischt war; aber dann setzte sie sich auf und horchte. Da war ein schnelles Trampeln, das lauter wurde und direkt auf sie zukam, und nach einer kleinen Weile konnte sie lautes Grunzen hören und das Knacken brechender Zweige. Es war eine Herde magerer, scheußlicher Wildschweine.

Jula drehte sich um, denn so ein Eber ist ein übler Geselle, und es ist nicht gut, ihm allzu nah zu kommen, weil er mit seinen Hauern nach der Seite stößt, und sie machte sich schnell davon, quer durch den Wald.

Aber das Getrampel kam näher, sie liefen sehr schnell und kamen näher, da erfasste sie einen Baumast, schwang sich hinauf und lief geschickt den Stamm empor.

Als sie hinabschaute, zogen tief unter ihr die dürren, borstigen Rücken der Schweine eben vorbei, und sie wusste genau, dass dieses kurze, abgerissene Grunzen Furcht bedeutete. Aber wovor fürchteten sie sich? Vor einem

Menschen? Sie waren in zu großer Hast, als dass es nur ein Mensch hätte sein können.

Und dann, es geschah so plötzlich, dass sie sich unwillkürlich fester an den Ast klammerte, sprang ein Rehkalb in den Farnkräutern auf und lief hinter den Schweinen her. Noch etwas anderes ging vorbei, klein und grau, mit einem langen Körper; sie wusste nicht, was es war, wirklich, sie sah es nur einen Augenblick lang zwischen den jungen Blättern; und dann wurde es wieder still.

Sie blieb starr und erwartungsvoll, fast so steif, als wäre sie ein Teil des Baumes, an den sie sich klammerte, und starrte gebannt hinunter. Dann, weit weg, zwischen den Bäumen, einen Augenblick lang deutlich, dann wieder verdeckt, dann wieder erkennbar, knietief in den Farnkräutern, dann wieder verschwunden, lief ein Mann.

Sie wusste sofort, dass es der junge Anduh war, sie erkannte ihn an der hellen Farbe seiner Haare, und es war etwas Rotes auf seinem Gesicht. Seine hastige Flucht und dieses scharlachrote Mal verursachten ihr ein unbehagliches Gefühl.

Und dann kam, näher und näher, mühsam laufend und schwer atmend, ein zweiter Mann. Es war wirklich Uya, der mit großen Schritten und starren Augen lief. Sein Gesicht war weiß. Es war Uya – in Angst! Er wurde von etwas anderen, etwas Großen mit grauem Fell, das sich mit weichen, schnellen Schritten vorbeischwang, raschelnd hinterher kam und ihn verfolgte.

Jula erstarrte plötzlich, hörte auf zu atmen und klammerte sich mit starrenden Augen krampfhaft an den Stamm. Sie hatte das Ding nie zuvor gesehen, und doch erkannte sie es sofort: es war der »Schrecken des Waldesdunkels.« Sein Name war wie ein furchterregendes Märchen, und die Kinder erschreckten sich untereinander damit nur mit dem bloßen Namen, und dann rannten sie schreiend vor Angst zur Siedlung. Kein Mensch hatte jemals einen seines Stammes getötet. Sogar das mächtige Mammut fürchtete seinen Zorn. Es war der Bär, der Herr der Welt von damals.

Während des Laufens ließ er dauernd ein zorniges Brummen hören. »Menschen sind mitten in meinem Lager! Kampf und Blut! Gerade am Eingang meines Lagers! Menschen, Menschen, Menschen! Kampf und Blut!« Denn er war der Herr des Waldes und der Höhlen.

Lange, nachdem er vorbei war, blieb Jula immer noch wie versteint und starrte hinunter durch die Zweige. Die ganze Freiheit ihrer Bewegung war geschwunden. Instinktiv klammerte sie sich mit Händen und Knien und Füßen am Ast fest.

Es dauerte eine Weile, bevor sie wieder klar denken konnte, und auch dann war ihr nur das eine klar bewusst, dass der »Schrecken« zwischen ihr und dem Stamme war – und dass es unmöglich wäre, jetzt hinunterzusteigen.

Als jedoch ihre Furcht etwas nachließ, kletterte sie in eine bequemere Stellung in die Gabelung eines großen Astes. Die Bäume erhoben sich rings um sie, so dass sie nichts vom Bruder Feuer des Lagers sehen konnte. Die Vögel begannen sich zu regen, und alles, was sich aus Angst vor ihren Bewegungen versteckt hatte, kroch wieder hervor.

Nach einer Weile flammten die höchsten Zweige auf, von den Strahlen der untergehenden Sonne berührt. Hoch oben kehrten die Krähen, die weiser waren als die Menschen, krächzend zu ihren Sammelplätzen in den Ulmen heim. Wenn man hinuntersah, wurden die Dinge klarer und dunkler.

 Jula dachte kurz daran, zur Siedlung zurückzugehen: sie glitt vom Baumstamm herab, und dann kam plötzlich die Angst vor dem »Schrecken des Waldesdunkels« wieder. Während sie zögerte, schrie da hinten im Wald ein Kaninchen ängstlich auf, und sie wagte sich plötzlich nicht mehr, weiter hinunterzusteigen.

Die Schatten rückten zusammen und das Dunkel des Waldes begann sich zu regen. Jula kletterte wieder den Baum hinauf, um dem Lichte näher zu sein. Tief unten traten die Schatten aus ihren Verstecken hervor und wanderten herum. Über Julas Kopf dunkelte das Blau des Himmels. Es folgte eine furchtbare Stille, und dann begannen die Blätter zu flüstern. Jula schauderte und dachte an den schützenden Bruder Feuer .

Die Zeit verging und Schatten sammelten sich in den Bäumen, sie saß immer noch in den Zweigen und die Zweige und Blätter nahmen beängstigende, ganz schwarze Gestalten an, die gleich auf sie springen würden, falls sie sich bewegen würde.

Dann flog eine weiße Eule mit ihrem geräuschlosen Flattern geisterhaft durch die Schatten. Die Welt wurde dunkler und immer dunkler, bis die Blätter und Zweige schwarz waren und gegen den Himmel und der Boden nicht mehr zu erkennen waren.

Jula blieb die ganze Nacht dort und horchte gespannt auf alles, was da unten in der Dunkelheit vorging, und sie hielt sich atemlos still, damit sie von keinem Tier entdeckt werden könnte, das sich irgendwo verborgen halten mochte.

Damals war der Mensch niemals allein in der Dunkelheit, außer in so seltenen Fällen wie in diesem hier. In früheren Menschenaltern hatte er seine Schrecken kennengelernt, und wir, seine armen Kinder, müssen sie heutzutage mühsam wieder vergessen lernen.

Jula war, obwohl dem Alter nach eine junge Frau im Herzen aber noch ein kleines Mädchen. Sie hielt sich so still wie ein armer kleiner Hase, bevor er aufgescheucht wird. Die Sterne sammelten sich im Himmel und schauten auf sie herunter und waren ihr einziger kleiner Trost. Sie träumte, dass in dem einen hellen etwas wäre, das so ähnlich wie Anduh wäre. Dann meinte sie, es wäre wirklich Anduh. Und neben ihm, rot und dunkler, war Uya, und als die Nacht vorbeiging, floh Anduh vor ihm, den Himmel hinauf.

Sie bemühte sich, Bruder Feuer zu sehen, der die Siedlung vor wilden Tieren schützte, aber er war nicht zu sehen. Und in der Ferne hörte sie das Trompeten der Mammute, wie sie zur Tränke hinabstiegen, und plötzlich eilte etwas riesig Großes mit schweren Schritten unter ihr vorbei und machte Lärm wie ein Kalb, aber was es war, konnte sie nicht genau sehen. Doch aus dem Lärm schloss sie, dass es Yaa, das Nashorn sei, das mit seiner Nase zustößt, immer allein geht und ohne Grund tobt.

Endlich begannen sich die kleinen Sterne zu verstecken, und später die größeren. Es war, als ob alle Tiere vor dem »Schrecken« verschwanden. Die Sonne kam herauf, die Herr des Himmels war, so wie der Grizzly Herr des Waldes war. Jula fragte sich, was wohl geschehen würde, wenn ein Stern zurück bleiben würde. Und dann erblasste der Himmel in der Dämmerung.

Als das Tageslicht kam, verschwand die Angst vor den lauernden Dingen, und sie konnte hinabsteigen. Sie war ganz steif geworden, und sie fühlte keinen besonderen Hunger. Sie kroch sehr vorsichtig den Baum hinunter und nahm verstohlen ihren Weg durch den Wald, und kein Eichhörnchen hüpfte, kein Wild sprang auf, ohne dass die Furcht vor dem Grizzly ihr Mark erstarren ließ.

Ihr Wunsch war es jetzt nur, ihre Leute wiederzufinden. Ihre Angst vor Uya dem Schlauen war durch eine größere Angst, die der Einsamkeit, verzehrt worden. Aber sie hatte die Richtung verloren. Sie war gestern abend achtlos losgerannt und sie konnte nicht sagen, ob die Siedlung sonnenwärts lag oder woanders.

Immer wieder hielt sie an und horchte, und endlich hörte sie weit, weit weg ein regelmäßiges Klappern. Es war so schwach, selbst in der Morgenstille, dass sie wusste, dass es sehr fern sein müsse. Aber sie wusste, es war das Geräusch, das ein Mann beim Steineschärfen machte.

Sie ging weiter, und jetzt begann sich der Wald zu lichten, aber dann versperrten ihr ein Heer von Nesseln den Weg. Sie wandte sich zur Seite und sie kam zu einem gefallenen Baum, den sie kannte, um den sonst immer die Bienen summten.

Und so erblickte sie plötzlich den Hügel vor sich, sehr weit weg, und den Fluss darunter und die Kinder und die Flusspferde, genauso, wie es gestern gewesen war, und die dünne Rauchsäule schlängelte sich im Morgenwind. Weit unten am Fluss sah sie den Platz mit den Erlen, wo sie sich versteckt hatte.

Und im gleichen Moment, als sie den Lagerplatz erblickte, kehrte die Angst vor Uya wieder, und sie kroch in ein Gebüsch von Farnkräutern, aus dem gerade ein Kaninchen hervorschwänzelte, und sie lag eine Weile still, um die Siedlung zu beobachten. Die Männer waren nicht zu sehen. Sie sprang auf und rannte durch die Farnkräuter, um sich von den Frauen Steineklopfer zu holen; und das beruhigte sie. Sie waren fort, vermutlich auf der Jagd nach Nahrung.

Einige von den Frauen waren unten im Fluss; laut schreiend suchten sie Muscheln, Krebse und Wasserschnecken, und erst bei diesem Anblick fühlte Jula, sich anzuschließen. Während sie lief, hörte sie aus den Farnen eine Stimme sanft rufen. Sie blieb stehen.

Dann hörte sie plötzlich hinter sich ein Geräusch und als sie sich umwendete, erblickte sie Anduh, der sich gerade in den Farnkräutern aufrichtete. Es waren Spuren von braunem Blut und Schmutz auf seinem Gesicht, seine Augen waren wild, und der weiße Feuerstein, den niemand außer Uya anzurühren wagte, war in seiner Hand.

Mit einem Satz war er neben ihr und ergriff ihren Arm. Er riss sie herum und stieß sie vor sich her gegen den Wald. »Uya«, sagte er und fuchtelte mit den Armen herum. Sie hörte einen Schrei, blickte sich um und sah, wie alle Frauen aufstanden und zwei aus dem Flusse wateten.

Dann hörte man ein Heulen, und die alte Frau mit dem Bart, die das Feuer auf dem Hügel bewachte, schwenkte die Arme, und Wau, der Mann, der die Steine geschärft hatte, sprang auf die Füße. Auch die kleinen Kinder eilten hinzu und schrien laut.

»Komm«, sagte Anduh und zog sie am Arm, aber Jula verstand noch immer nicht. »Uya hat das Todeswort gerufen«, sagte Anduh, und sie blickte zurück auf die schreienden, drängenden Gestalten und da verstand sie ihre Gesten sofort.

Wau und alle Frauen und Kinder kamen auf sie zu, eine wilde, verstreute Horde nackter, zottelköpfiger Gestalten, heulend, springend und schreiend. Über den Hügel liefen zwei Jungen. Ganz unter den Farnkräutern, rechts, kam ein Mann, der sie vom Wald abdrängen wollte.

Anduh ließ ihren Arm los, und die beiden begannen nebeneinander her zu laufen, sprangen über die Farne mit sicheren, großen Sätzen. Jula, ihrer und Anduhs Schnelligkeit bewusst, lachte laut über die ungleiche Jagd. Damals waren sie ein außergewöhnlich flinkes, schlankbeiniges Paar.

Sie hatten die freie Strecke bald zurückgelegt und näherten sich wieder den Kastanienbäumen, keiner von ihnen hatte jetzt Angst, weil keiner allein war. Sie verlangsamten ihre nicht mehr allzu eiligen Schritte. Und plötzlich schrie sie auf, schwenkte seitlich ab, zeigte hin und schaute auf durch die Baumstämme.

Anduh sah die Füße und Beine von Männern, die auf ihn zurannten. Jula lief bereits in schräger Richtung davon. Und als auch er abbog, um ihr zu folgen, hörten sie die Stimme Uyas, der durch die Bäume lief und ihnen seine Wut zubrüllte.

Da erfasste Schrecken ihre Herzen; nicht der Schrecken, der betäubt, sondern der Schrecken, der schweigsam macht und schnell. Sie waren jetzt auf zwei Seiten zwischen ihren Verfolgern wie in einer Zange abgeschnitten.

Rechts und ganz nahe kamen schnell und schwerfällig die Männer, an der Spitze der bärtige Uya, das Geweih in der Hand; und links verstreut, rannten Wau und die Frauen; und selbst die kleinen Kinder vom Ufer waren der wilden Jagd gefolgt. Die beiden Parteien liefen von beiden Seiten auf sie zu.

Fort ging es, Jula voran. Sie wusste genau: jetzt gab es keine Gnade mehr für sie. Für die Menschen von damals war keine Jagd so süß wie die Menschenjagd. War einmal die wilde Leidenschaft der Jagd erwacht, dann war der schwache Keim von Menschlichkeit in alle Winde verstreut. Und Uya hatte in der Nacht Anduh mit dem Todeswort gezeichnet, und das galt für alle. Anduh war die Beute des Tages, sie war zum Festmahl bestimmt.

Sie liefen darauf los, mitten durch einen Fleck stechender Nesseln, in eine offene Lichtung, ein Grasdickicht, aus dem knurrend eine Hyäne floh. Dann rannten sie wieder in Wälder, weite Strecken von unsicherem Laubboden und Moos unter grünen Baumstämmen. Da war ein steiler, baumbewachsener Hang, lange Baumreihen, eine Lichtung, ein saftig grüner Platz mit schwarzem Schlamm, da war wieder ein weiter offener Raum, und dann ein Dickicht dorniger Brombeersträucher, mit Tierspuren mitten durch.

Die jagende Horde hinter ihnen wurde immer länger und verstreuter, nur Uya war ihnen knapp auf den Fersen. Jula war immer voraus – sie rannte leicht mit frischem Atem – denn Anduh trug den Feuerstein in der Hand.

Man merkte es an seinem Schritt – nicht gleich am Anfang, aber nach einer Weile. Seine Fußstapfen blieben plötzlich weit hinter ihren zurück. Jula sah, als sie beim Kreuzen eines anderen freien Platzes über ihre Schulter blickte, dass Anduh weit hinter ihr zurücklag und Uya knapp hinter ihm war, er hielt das Geweih bereits hoch in der Luft, um ihn niederzuschlagen. Wau und die anderen traten eben erst aus dem Schatten des Waldes.

Als Jula Anduh in Gefahr sah, rannte sie zur Seite, sah zurück, warf die Arme in die Luft und schrie laut, gerade in dem Moment, als das Geweih flog. Und der junge Anduh, der dies erwartet und ihren Schrei verstanden hatte, duckte den Kopf, so dass das Wurfgeschoß seine Kopfhaut nur leicht streifte, eine unbedeutende Wunde schlug und über ihn wegflog.

Sofort drehte er sich um, den quarzigen Feuerstein in beiden Händen, schleuderte ihn geradeaus gegen Uyas Körper und lief nach dem Wurf befreit weiter. Uya schrie auf, konnte aber nicht mehr zur Seite springen.

Der Stein traf ihn schwer und flach unterhalb der Rippen,; er taumelte und fiel ohne einen Laut nieder. Anduh nahm das Geweih auf – eine Zacke war von seinem eigenen Blute befleckt – und rannte wieder weiter, während ein roter Tropfen aus seinem Haar sickerte.

Uya überschlug sich zweimal und lag einen Augenblick still, bevor er wieder aufstand, aber dann lief er nicht mehr schnell. Seine Gesichtsfarbe war verändert. Wau überholte ihn und dann noch andere, seine Brust arbeitete und keuchte. Aber er lief immer weiter.

Endlich erreichten die beiden Flüchtlinge das Ufer des Flusses an einer Stelle, wo er schmal und tief war, und sie hatten noch fünfzig Ellen vor Wau voraus, ihrem nächsten Verfolger, dem Manne, der die Wurfsteine machte. Er trug einen in jeder Hand, große Steine in der Form von Austern, aber doppelt so groß, die Kanten scharf geschliffen.

Sie sprangen das abschüssige Ufer hinunter in den Fluss, drängten sich durch das Wasser, durchschwammen die tiefe, reißende Strömung mit zwei oder drei Schlägen, kamen watend wieder heraus, triefend und erfrischt, und kletterten das andere Ufer hinauf. Es war unterwaschen und mit Weiden dicht bewachsen, so dass sie tüchtig klettern mussten.

Und während Jula noch mitten unter den silbernen Zweigen und Anduh noch im Wasser war, denn das Geweih hatte ihn gehemmt, erschien gegen den Himmel auf dem anderen Ufer die Gestalt Waus, und der Wurfstein, geschickt geschleudert, traf Julas Knie von der Seite. Sie arbeitete sich noch bis hinauf und fiel dann hin.

Sie hörten, wie sich ihre Verfolger etwas zuriefen, und als Anduh zu ihr kletterte, in Sprüngen sich fortbewegend, um Wau das Zielen zu erschweren, fühlte er den zweiten Wurfstein sein Ohr streifen und hörte das Wasser unter sich aufspritzen.

Da geschah es, dass Anduh bewies, dass er ein Mann geworden war. Denn vorwärtsstürzend sah er, dass Jula zurückgefallen war und hinkte; darauf machte er kehrt, und wild schreiend, das Gesicht in plötzlicher Wut und von tropfendem Blute schrecklich entstellt, rannte er an ihr vorbei, zurück zum

Ufer, das Geweih rund um seinen Kopf wirbelnd. Und Jula lief weiter, noch immer standhaft, obwohl sie bei jedem Schritte hinken wusste und der Schmerz schon stechend war.

Als Wau zwischen den schlanken Farnkräuter klammernd, über den Rand kam, sah er Anduh hoch aufgerichtet über sich riesenhaft gegen den blauen Himmel; er sah, wie er seinen ganzen Körper herumschwang, den Griff seiner Hände am Geweih. Die Zacken des Geweihes fegten durch die Luft, und dann sah er nichts mehr.

Das Wasser unter den Weiden wirbelte auf, wurde wieder glatt und färbte sich sechs Fuß weit stromabwärts blutigrot. Uya, der folgte, hielt knietief mitten im Strom an, und der Mann, der hinter ihm schwamm, wendete um.

Die anderen Männer, die hinterher kamen – es waren keine sehr kräftigen Leute unter ihnen, denn Uya war mehr schlau als stark und er duldete keine starken Rivalen – ließen augenblicklich ab beim Anblick Anduhs, der da über den Weiden stand, blutig und fürchterlich, zwischen ihnen und dem lahmenden Mädchen, das riesige Geweih in den Händen schwingend. Es schien, als wäre er als Jüngling ins Wasser gegangen und als reifer Mann aus ihm herausgekommen.

Er wusste, was da hinter ihm war. Eine weite Grasfläche und dann ein Dickicht, und darin konnte Jula sich verstecken. Dies stand klar in seinem Kopf, Uya stand knietief im Wasser, unentschlossen und waffenlos, und er keuchte schwer. An der einen Seite war er unter den Haaren rot und zerschlagen.

Der Mann neben ihm trug einen zugespitzten Stock. Die übrigen Jäger kamen einer nach dem andern an die Höhe des Ufers mit Steinen und Stöcken. Zwei liefen am Ufer entlang stromabwärts und kletterten dann zum Wasser, wo Wau, mühsam ringend, wieder an die Oberfläche gekommen war. Ehe sie ihn erreichen konnten, ging er wieder unter. Zwei andere bedrohten Anduh vom Ufer aus.

Er antwortete mit Schreien und Schimpfen und unbestimmten Gebärden. Dann brüllte Uya, der zögernd dagestanden hatte, auf in wilder Wut und tauchte, seine Fäuste ballend, ins Wasser. Seine Begleiter platschten hinter ihm her.

Anduh blickte über seine Schultern und sah, dass Jula im Dickicht verschwunden war. Er hätte vielleicht auf Uya gewartet, aber der zog es vor, unten im Wasser zu warten, bis die anderen neben ihm wären. Die Taktik der Menschen in jenen Tagen, in jedem ernsten Kampf, war die Taktik des Packs. Erst, wenn die Beute in Bedrängnis geraten war, dann sammelten sie sich und stürzten sich auf sie. Anduh fühlte den Ansturm kommen und, das Geweih gegen Uya schwingend, wandte er sich um und floh.

Als er im Schatten des Dickichts anhielt und zurücksah, fand er, dass nur drei seiner Gegner ihm über den Fluss gefolgt waren, und auch die gingen wieder zurück. Uya stand, mit blutendem Munde, wieder auf dem anderen Ufer des Flusses, aber tiefer unten, und hielt sich die Seite mit der Hand. Die anderen waren im Fluss und zogen etwas ans Ufer. Für eine Zeit wenigstens war die Jagd unterbrochen.

Anduh stand eine Weile abwartend still und sah zu; und beim Anblick Uyas knurrte er böse. Dann wandte er sich um und tauchte im Dickicht unter.

Sofort eilte Jula herbei, um ihm zu folgen, und sie gingen Hand in Hand weiter. Er bemerkte unwillkürlich, wie sehr ihr zerschnittenes, verwundetes Knie schmerzte, und er wählte für sie die leichteren Wege.

Und sie gingen den ganzen Tag lang weiter, Meile für Meile durch Wald und Dickicht, bis sie endlich in das Kreideland kamen, wo freie Wiesen und wenig Buchenwälder waren, wo die Birken am Wasser wuchsen, und sie die Berge deutlicher sahen, und wo die Pferde in Rudeln zusammen weideten.

Sie gingen vorsichtig umher, beobachteten alles und hielten sich immer in der Nähe von Gebüsch und Deckung; denn das war für sie fremdes Land – sogar die Wege waren fremd. Es ging immer weiter langsam bergauf, bis die

Kastanienbäume sich weit und blau unter ihnen ausbreiteten und die sumpfigen Ufer des Flusses silbern schimmerten, hoch und weit.

Sie sahen unterwegs keine Menschen, denn damals waren die Menschen gerade erst in diesem Teil der Welt neu angekommen und sie bewegten sich nur langsam längs der Flussläufe. Gegen Abend floss er in einer Schlucht, zwischen hohen, weißen Kreidefelsen, die manchmal überhingen.

Unterhalb der Felsen war ein Weidengestrüpp, und dort lebten viele Vögel. Und hoch oben in den Felsen stand ein Baum auf einem kleinen Felssims und dorthin kletterten sie, um die Nacht zu verbringen.

Sie hatten kaum irgendetwas Essbares finden können; es war nicht die Jahreszeit für Beeren, und sie hatten keine Zeit gehabt, um irgendwo Fallen zu legen oder einem Tier aufzulauern. Sie stapften hungrig, müde und schweigend einher, und knabberten an Zweigen und Blättern. Aber auf dem Felsen waren eine Menge Schnecken und in einem Gebüsch lagen die frischgelegten Eier eines kleinen Vogels, und dann warf Anduh in einer Bucht nach einem Eichhörnchen und tötete es, so dass sie zuletzt doch noch etwas essbares bekamen.

Anduh wachte während der Nacht, das Kinn auf den Knien; und er hörte junge Füchse ganz in der Nähe schreien und das Brüllen eines Mammuts unten in der Schlucht, und die Hyänen, die in der Ferne kreischten und lachten. Es war kühl, aber sie wagten nicht, Feuer zu machen.

So oft Anduh einschlief, wanderte sein Geist fort und begegnete geradewegs dem Uyas, und dann kämpften sie gegeneinander. Und jedes Mal war Anduh gelähmt, so dass er weder schlagen noch laufen konnte, und dann fuhr er jedes Mal erschrocken aus dem Schlaf.

Auch Jula träumte schlimme Dinge von Uya, so dass beide mit der Angst vor ihm im Herzen erwachten. Aber hier war alles sicher für sie, und im Morgengrauen sahen sie ein wolliges Nashorn friedlich das Tal hinunterstapfen.

Während des Tages streichelten sie sich und freuten sich am Sonnenschein; Julas Bein aber war so steif geworden, dass sie den ganzen Tag am Felsrand saß. Anduh suchte große Kieselsteine, die aus der Felswand hervorragten, und er schleppte sie an den Felsrand und begann sie zu schärfen, um gegen Uya gewaffnet zu sein, wenn er wiederkommen sollte.

Und über einen Stein lachte er plötzlich herzlich auf und Jula lachte mit, und sie warfen ihn spottend hin und her. Er hatte ein Loch in der Mitte. Sie steckten die Finger hinein, sie fanden es sehr komisch. Dann guckten sie durch und sahen sich durch das Loch an.

Später nahm Anduh zufällig einen Stock in die Hand und warf auf gut Glück nach diesem verrückten Stein. Der Stock flog hinein und blieb darin stecken und er konnte ihn nicht wieder herausziehen. Das fand er noch merkwürdiger, aber dann gewöhnte er sich an die kuriose Kombination. Er schwenkte das Ding herum und gewahrte, dass der Stock mit dem schweren Stein an der Spitze besser dazu diente, einen kräftigen Schlag zu führen. Er ging auf und ab, schwang ihn und schlug damit herum: aber später langweilte es ihn wieder und er warf ihn beiseite.

Nachmittags ging er über den Kamm des weißen Felsens hinauf und lag wartend vor einem Kaninchengehege, bis die Kaninchen herauskämen, um zu spielen. Es gab hier herum keine Menschen, und die Kaninchen waren ganz unachtsam. Er warf einen Wurfstein, den er gemacht hatte, und erschlug eines.

In dieser Nacht machten sie sich ein Feuer, sie schlugen mit Kieselsteinen Funken und fingen sie mit den Blättern der Farnkräuter auf. Sie redeten miteinander und liebkosten sich.

Aber als sie schliefen, kam Uyas Geist wieder, und plötzlich, als Anduh sich wieder vergebens bemühte, mit ihm zu kämpfen, kam ihm der närrische Stock mit dem Stein in die Hände, und er schlug Uya damit und tötete ihn.

Aber nachher kamen andere Träume von Uya – denn bei Geistern genügte ein Erschlagen allein nicht – und er musste nochmals getötet werden. Dann später wollte der Stein nicht an dem Stock halten. Unruhig schlief er bis zum Morgen.

Anduh erwachte müde und verdrießlich und war den ganzen Vormittag über mürrisch, trotz Julas Freundlichkeiten; anstatt zu jagen, saß er da und schärfte die Kante des merkwürdigen Steines und sah ihn dabei ganz sonderbar an.

Dann band er den durchlöcherten Stein an den Stock mit Kaninchenhaut fest. Und danach ging er am Felsrand auf und ab, schlug mit dem Stock herum, murmelte zu sich selbst und dachte an Uya. Das neue Ding fühlte sich ganz prächtig und schwer an in seiner Hand.

Einige Tage blieben Anduh und Jula auf diesem Felssims in der Schlucht des Flusses, und es schwand alle Angst vor den anderen Menschen, und rot brannte ihr Feuer die ganze Nacht hindurch. Und sie waren sehr vergnügt zusammen; sie hatten jeden Tag zu essen, hatten süßes Wasser gefunden und keine Feinde waren in Sicht.

Julas Knie war in zwei Tagen geheilt, denn sie hatte schnell heilendes Fleisch. Wirklich, sie waren sehr glücklich. Dann warf Anduh einen Steinklotz über den Felsen. Er sah ihn fallen und fröhlich über das Ufer in den Fluss springen, und, nachdem er ein wenig darüber gelacht und nachgedacht hatte, versuchte er es nochmals.

Dieser Stein zerschlug ein Gebüsch von Haselstauden auf ganz merkwürdige Art. Sie verbrachten den ganzen Morgen damit, Steine vom Felsrand hinunterzuwerfen, und nachmittags entdeckten sie, dass dieser neue und interessante Zeitvertreib auch von der Felsspitze aus geübt werden konnte. Den nächsten Tag hatten sie diese Unterhaltung vergessen. Oder es schien wenigstens so, als hätten sie vergessen.

Aber im Traum erschien wieder Uya und zerstörte dieses Paradies. Drei Nächte hindurch kam er, um sie zu bekämpfen. Am Morgen nach diesen Träumen ging er immer auf und ab, drohte Uya und schwang seine Axt, und endlich kam, nachdem sie einen Fischotter erschlagen und verspeist hatten, die Nacht. Uya kam im Traum wieder und war immer noch für ihn unerträglich.

Anduh erwachte, zog finster seine schweren Augenbrauen zusammen, nahm seine Axt und streckte Jula die Hand hin und sagte ihr, dass sie am Felsrand auf ihn warten sollte.

Dann kletterte er den Abhang hinunter, sah noch einmal von dessen Fuße aus hinauf, schwang triumphierend seine Axt und ging dann, ohne nochmals zurückzusehen, weit ausschreitend das Flussufer entlang, bis ihn der überhängende Fels an der Biegung verbarg.

Zwei Tage und zwei Nächte saß Jula allein am Felsrand beim Feuer und wartete; Nachts heulten die wilden Tiere auf den Felsen und unten im Tal, und auf dem oberen Felsen, ihr gegenüber, hoben sich die buckligen Hyänen schwarz gegen den Himmel ab. Außer Angst erlebte sie nichts Böses. Einmal hörte sie in der Ferne das Gebrüll eines Löwen, der den Pferden nachjagte, die mit dem Frühling nordwärts über das Weideland zogen. Die ganze Zeit hindurch wartete sie und Warten ist eine endlose Pein.

Und am dritten Tag kam Anduh flussaufwärts zurück, und hatte Rabenfedern in seinem Haar. An seiner Axt waren Blutspuren, und lange, dunkle Haare klebten daran, und er trug die Halskette in der Hand, die Uyas Lieblingsfrau ausgezeichnet hatte. Er ging gemütlich und ohne Eile über die weichen Hänge. Außer einem frischen Schnitt unter dem Kinnbacken war keine Wunde an ihm zu sehen.

»Uya!« rief Anduh frohlockend, und Jula sah, dass alles gut war. Er legte Jula die Halskette an, und sie saßen und tranken miteinander. Und nach dem Essen begann er die ganze Geschichte vom Anfang an zu erzählen, wie Uya seine Augen auf Jula geworfen hatte, wie Uya und Anduh im Walde miteinander gekämpft hatten und dann vom Bären gejagt worden waren; er ergänzte seinen knappen Wortschatz durch reichliches Gebärdenspiel, sprang auf und schwang die Axt, so oft vom Kämpfen die Rede war. Der letzte Kampf war ein besonders heißer; Trampeln und Schreien und einmal ein Schlag ins Feuer, der einen Funkenregen in die Nacht hinausschickte.

Und Jula saß da, rot im Scheine des Feuers, sah ihn von der Seite an mit flammendem Gesicht und leuchtenden Augen, sie hatte die Kette um den Hals, die Uya gemacht hatte.

Da war jetzt ein Mensch, der zu ihr gehörte und der sie beschützte und sie war glücklich.

Es war eine wundervolle Nacht für die beiden Flüchtlinge, und die Sterne sahen tröstend auf sie herab.

Damals, als Jula und Anduh vor Uyas Leuten geflohen waren und sich endlich in der Schlucht des Flusses zwischen Kreidefelsen versteckt hatten, gab es nur sehr wenige Menschen und ihre Siedlungsplätze lagen weit voneinander entfernt. Im Tal waren ihnen immer noch die ihres Stammes am nächsten und höher oben in den Bergen gab es keine.

Und die Tiere, die das Land besetzt hatten, das Flusspferd und das Nashorn in den Flusstälern, die Pferde in den Wiesen und Ebenen, das Wild und die Schweine in den Wäldern und das Rind in den Hochtälern fürchteten den Menschen sehr wenig, aber schon gar nicht die Mammute in den Bergen und die Elefanten, die im Sommer vom Süden her durch das Land kamen.

Und warum sollten sie ihn auch fürchten, weil er nur rohbehauene Steine, die er nur schlecht werfen konnte, und die armseligen Spieße aus zugespitztem Holz alle seine Waffen waren, die er gegen Hufe und Hörner, gegen Zähne und Klauen besaß?

Der riesige Höhlenbär, der oben in einer Höhle der Schlucht hauste, hatte in seinem langen, und achtungswerten Leben noch nie einen Menschen gesehen, bis er eines Nachts, als er längs des Randes der Klippe die Schlucht hinab umherstreifte, den Schein von Julas Feuer am Felsenrand erblickte und Jula sah, rot und strahlend, und Anduh, dessen gigantischer Schatten ihn, auf dem gegenüberliegenden weißen Felsen auf und ab gleitend, zu foppen schien, der seine Haarmähne schüttelte und seine Steinaxt schwang, während er davon sang, wie er Uya erschlagen würde.

Der Höhlenbär war hoch oben in der Schlucht und sah alles nur stark verkürzt und aus der Ferne. Er war so überrascht, dass er ganz still am Rande stand, den neuen Geruch brennender Farne schnuppernd, und sich wunderte, dass die Morgenröte diesmal auf der falschen Seite aufstieg.

Er war der Herr der Felsen und Höhlen und der dichten Wälder, genauso wie der gefleckte Löwe Herr der Dornen, Rohrdickichte und der freien Ebenen war. Er war der größte unter allen Fleischfressern, er kannte keine Angst, keiner stellte ihm nach und keiner ließ sich in einen Kampf mit ihm ein; nur das Nashorn war stärker als er. Sogar das Mammut mied seinen Bereich.

Dieser Einbruch verblüffte ihn. Er bemerkte, dass diese neuen Tiere wie Affen aussahen und nur stellenweise behaart waren wie junge Schweine. »Affen und junge Schweine«, sagte sich der Höhlenbär. »Das kann gar nicht so schlecht sein.

Aber dieses rote Ding, das da herumspringt, und das schwarze, das dort drüben mitspringt! In meinem ganzen Leben habe ich noch nie so etwas seltsames gesehen!«

Er kam langsam über den Felsenrücken auf sie zu, blieb zwei- oder dreimal stehen, um zu schnüffeln und umherzugucken, und der Rauch des Feuers wurde stärker.

Zwei Hyänen waren ebenfalls so vertieft in das Ding da unten, dass Anduh, der leicht und leise näherkam, hart bei ihnen war, bevor sie ihn bemerkten.

Sie fuhren schuldbewusst auf, duckten sich und liefen davon. Als sie, etwa hundert Ellen weiter, im Bogen zurückkamen, fingen sie an zu schreien und ihm Schimpfnamen zuzurufen, um sich für den Schrecken zu rächen, »Ya-ha!« schrieen sie. »Wer frisst Wurzeln wie ein Schwein? ... Ya-ha!« – Denn selbst in jenen Tagen war das Benehmen der Hyänen genauso frech wie heutzutage.

»Wer wird schon einer Hyäne antworten?« brummte Anduh, durch die Dunkelheit der Nacht nach ihnen schielend, und dann ging er, um nach dem Felsenrand zu sehen.

Nachts saß Anduh und erzählte Jula noch immer seine Geschichte, und das Feuer brannte herab, und der Brandgeruch war heiß und stark.

Der Höhlenbär stand eine Weile am Rand des Kreidefelsens, legte sein schweres Gewicht von einem Fuß auf den anderen und wiegte seinen Kopf hin und her, mit offenem Maul, mit zuckenden, aufgerichteten Ohren, und schnüffelte, die Nasenlöcher seiner großen, schwarzen Schnauze weit aufgerissen.

Er war nämlich sehr neugierig, der Höhlenbär, und das flackernde Feuer und die unverständlichen Bewegungen des Mannes – von dem Eindringen in sein unbestrittenes Gebiet gar nicht zu reden – erregten in ihm die Ahnung von sonderbaren neuen Geschehnissen. Er war diese Nacht hinter roten Rehkälbern her gewesen, denn der Höhlenbär war ein vielseitiger Jäger, aber das da brachte ihn ganz ab von seinem Unternehmen.

»Ya-ha!« schrieen die Hyänen hinten. »Ya-ha-ha!«

Durch die sternhelle Nacht lugend sah der Höhlenbär, dass es nur ganz wenige waren, die sich von der grauen Hügelkette abhoben. »Die werden sich jetzt die ganze Nacht an mich hängen ... bis ich sie töte«, sagte der Bär. »Dreck der Welt!«

Und hauptsächlich, um sie zu ärgern, beschloss er, dem roten Flackern in der Schlucht zuzusehen, bis die Morgendämmerung das Hyänengesindel verscheuchen würde. Und nach einiger Zeit verschwanden sie, und er hörte ihre Stimmen weit weg in den Buchenwäldern. Dann kamen sie wieder herangeschlichen. Der Bär gähnte und ging längs der Felsen weiter, und sie folgten. Dann blieb er stehen und ging wieder zurück.

Es war eine wundervolle Nacht, der Himmel voll leuchtender Sternbilder – es waren dieselben Sterne, aber nicht dieselben Sternbilder, die wir heute kennen; denn seit damals hatten sie Zeit genug, sich an andere Stellen zu bewegen.

Es lag eine weite Stille über dem Land, außer wenn das grelle Geschrei der Hyänen vorübergehend einen Misston über diesen Frieden dahinjagte, oder wenn von den Hügeln unten das Trompeten der neu angekommenen Elefanten schwach vom leisen Wind herübergetragen wurde.

Das rote Flackern da unten hatte allmählich aufgehört, und die Flamme war ruhig und leuchtete in tiefem Rot; Anduh hatte seine Geschichte beendet und bereitete sich zum Schlafen vor, und Jula saß und horchte auf die fremden Stimmen der unbekannten Tiere und betrachtete den dunkeln Osthimmel, der sich unter dem Nahen des Mondes langsam erhellte. Tief unten schwätzte der Fluss mit sich selbst, und unsichtbare Dinge gingen hin und zurück.

Der Bär ging nach einer Weile fort, aber eine Stunde später war er wieder da. Dann, wie von einem plötzlichen Gedanken getroffen, wandte er sich um und stieg die Schlucht hinauf.

Die Nacht verging und Anduh schlief weiter. Der bleiche Mond ging auf und erhellte die kahlen, weißen Felsen über dem Schläfer mit einem blassen, unbestimmten Licht. Die Schlucht sank noch tiefer in Schatten und schien noch dunkler. Dann stahl sich langsam und unmerklich der Morgen in die Nachtwache des Mondes.

Julas Augen wanderten zum Kamm des Felsens über ihnen— und dann noch zweites Mal. Jedes Mal zeichnete sich die Linie klar und scharf gegen den Himmel ab, und trotzdem hatte sie das Gefühl, als ob da etwas auf sie herunterspähte.

Das Rot des Feuers wurde dunkler und dunkler, graue Schuppen breiteten sich darüber aus, seine aufrechte Rauchsäule wurde immer mehr und mehr sichtbar und oben und unten in der Schlucht traten Dinge, die bisher unsichtbar gewesen waren, in der farblosen Beleuchtung wieder klarer und deutlicher hervor. Jula muss dann wohl eingeschlafen sein.

Plötzlich fuhr sie aus ihrer kauernden Stellung auf, richtete sich schnell und gerade empor und blickte prüfend den Felsen hinauf und hinunter. Sie ließ einen kaum vernehmbaren Laut hören, und da war auch Anduh, der wie ein Tier nur leise schlief, augenblicklich wach. Er ergriff seine Axt und kam geräuschlos an ihre Seite.

Das Licht war noch fahl, die ganze Welt in Schwarz und Grau gehüllt, und nur ein verspäteter Stern stand noch, schwach leuchtend, am Himmel. Der Felssims, auf dem sie sich befanden, war ein kleiner grasbewachsener Fleck, vielleicht sechs Fuß breit und zwanzig Fuß lang, an einer steil abfallenden Felswand, an deren Rand eine Handvoll Kräuter wuchsen.

Zur Tiefe zu bildeten die bröckligen, weißen Felsen einen steilen Abhang von etwa fünfzig Fuß Höhe, bis hinab zu den dichten Haselstauden, die den Fluss einsäumten. Flussabwärts wurde dieser Hang immer steiler, bis in einiger Entfernung nur eine dünne Grasschichte ihr Recht bis zur Felsenspitze hinauf behauptete.

Am Ende der Felswand war ein Graben, eine tiefeingeschnittene Rinne gebleichten Gesteins, die das Gesicht der Felswand zerriss und armseliges Wachstum kümmerlich Wurzel schlagen ließ, und durch die Jula und Anduh hinauf- und hinunterstiegen.

Sie standen so still wie aufgeschrecktes Wild, mit allen ihren Sinnen horchend. Eine Minute lang hörten sie nichts, und dann kam ein schwaches Rieseln von Sand und Steinchen die Rinne herab, man hörte das Knacken von Zweigen.

Anduh ergriff seine Axt und ging zum Rande des Felsens, denn der Kreideblock über ihnen hatte den oberen Teil der Rinne verdeckt. Und plötzlich – das Herz krampfte sich ihm zusammen – sah er den Höhlenbären mitten im Abstieg vom Felskamm, wie er mit seinem plumpen Hinterfuß einen behutsamen Schritt rückwärts machte. Sein Hintergestell war Anduh zugekehrt, und er klammerte sich an Stein und Buschwerk so fest an, dass es schien, als wäre er am Felsen plattgedrückt.

Er sah jedoch darum nicht unscheinbarer aus. Von der feuchtglänzenden Schnauze bis zum kurzen dicken Schwanz war er ein- und einhalbmal so groß wie ein Löwe, er hatte die Länge von zwei großen Männern. Er blickte über die Schulter zurück, sein riesiger Rachen stand offen von der Anstrengung, seinen schweren Körper festzuhalten, und seine Zunge hing heraus. Er fasste vorsichtig und fest Fuß und kam langsam immer näher.

»Bär«, sagte Anduh und sah mit einem blassen Gesicht um sich. Aber Jula deutete mit ganz verstörten Augen den Fels hinunter.

Anduh riss den Mund vor Schrecken weit auf. Denn tief unten, die großen Vordertatzen gegen den Felsen gestemmt, stand die Bärin. Sie war nicht so groß wie der männliche Bär, aber sie war groß genug, um für sie gefährlich zu sein.

Da stieß Anduh plötzlich einen Schrei aus, packte eine Handvoll dürrer Farne, die auf dem Boden verstreut umherlagen, und warf sie in die fahle Asche des Feuers. »Bruder Feuer!« schrie er, »Bruder Feuer!« Und Jula tat wie er. »Bruder Feuer! Hilf, hilf! Bruder Feuer!«

Bruder Feuer war im Herzen noch rot, aber er wurde grau, als sie ihn so zerteilten. »Bruder Feuer!« schrieen sie. Aber er knisterte und verging, und es blieb nichts als Asche.

Da tanzte Anduh vor Zorn und schlug mit den Fäusten in die Asche. Jula aber begann, den Feuerstein gegen einen Kiesel zu schlagen. Und immer wieder wussten die beiden ihre Augen zu dem Graben hinwenden, in dem der Bär herabkletterte. Bruder Feuer!

Plötzlich kamen die riesigen, behaarten Hinterbeine des Bären zum Vorschein, unter dem Felsblock hervor, der ihn verdeckt hatte. Noch immer kletterte er vorsichtig die beinahe senkrechte Wand herab. Sein Kopf war noch nicht zu sehen, aber sie konnten hören, wie er zu sich selbst sprach. »Schwein und Affe«, sagte der Bär. »Es muss wirklich gut schmecken.«

Jula schlug einen Funken und blies darauf; er leuchtete heller auf und dann – erlosch er. Da warf sie Kiesel und Feuerstein fort und starrte hilflos ins Leere. Dann sprang sie auf und kroch ungefähr eine Elle weit an der Wand über dem Felsband hinauf.

Wie sie auch nur einen Augenblick daran hängen konnte, weiß ich nicht; denn der Kreidefels war senkrecht, und nicht einmal ein Affe hätte daran einen Halt finden können. Nach zwei Sekunden war sie mit blutenden Händen wieder auf den Felsensims herabgeglitten.

Anduh rannte wie wahnsinnig auf dem Felsband herum, erst jetzt zum Rand, dann wieder zur Rinne. Er wusste nicht, was er tun sollte, er konnte nicht mehr denken. Die Bärin sah kleiner aus als ihr Genosse, viel kleiner. Wenn sie sich beide zugleich auf sie stürzten, könnte einer vielleicht am Leben bleiben.

»Ugh?« sagte der Höhlenbär, und Anduh sah, als er sich wieder umwandte, seine listigen kleinen Augen unter dem Kreideblock hervorlugen.

Jula kauerte am äußersten Ende des Felsbandes und begann zu schreien wie ein Kaninchen, das erwischt worden ist. Da kam es wie wilder Wahnsinn über Anduh. Mit lautem Schrei fasste er seine Axt und rannte auf den Höhlenbären los.

Das Ungeheuer ließ ein Brummen des Erstaunens und der Überraschung hören. In einem Augenblick klammerte sich Anduh an einen Busch fest, dicht unter dem Bären, und im nächsten hing er, halb begraben im Fell, an seinem Rücken, eine Faust im Haar unterm Kinnbacken den Höhlenbären festgeklammert.

Der Bär war zu erstaunt über diesen wahnwitzigen Angriff, um etwas anderes tun zu können, als untätig festzuhängen. Und dann klang die Axt, die erste aller Äxte, hämmernd an seiner Hirnschale.

Der Bär drehte den Kopf von einer Seite zur anderen und begann, ärgerlich zu brummen. Die Axt schlug einen Zoll weit unter seinem linken Auge nieder, und das heiße Blut stieg auf und blendete ihn auf dieser Seite.

Darüber brüllte das Tier vor Überraschung und Ärger laut auf und seine Zähne knirschten sechs Zoll weit von Anduhs Gesicht. Dann fiel die Axt plump und schwer auf das eine Ende des Rachens nieder. Der nächste Schlag blendete den Bären auf der rechten Seite und brüllte laut auf, diesmal war es Schmerz.

 Jula sah, wie die riesigen platten Füße ausglitten, den Halt verloren, und plötzlich versuchte der Bär einen plumpen Seitensprung, als wollte er auf das Felsband. Dann verging alles, und die Haselstauden krachten, und von unten kam ein Schmerzgebrüll, ein Tumult von Schreien und Brummen.

Jula schrie auf und rannte zum Rand, um hinunter zu spähen. Einen Augenblick lang bildeten Mann und Bär zusammen ein Knäuel; Anduh war oben; und dann sprang er hervor und kletterte die Rinne hinauf, während die Bären unten zwischen den Haselstauden übereinander kollerten.

Aber er hatte seine Axt unten gelassen, und seinen Schenkel hinab liefen drei blutrote Streifen, die von einem Punkt ausgingen. »Schnell rauf!« schrie er, und in einem Augenblick führte Jula den Weg zur Felsenspitze.

In einer halben Minute waren sie oben, ihre Herzen schlugen hörbar, und der Höhlenbär und sein Weibchen waren weit und sicher unter ihnen. Er saß auf seinen Schenkeln und war mit beiden Tatzen emsig beschäftigt; er versuchte mit schnellen, erbitterten Bewegungen sich die Blindheit aus den Augen zu wischen.

Die Bärin stand auf allen vieren ein wenig abseits, mit etwas zerzaustem Äußeren, und brummte ärgerlich, Anduh warf sich flach aufs Gras und lag, schnaufend und blutend, das Gesicht auf dem Arm.

Einen Augenblick lang sah Jula den Bären zu, dann kam sie, setzte sich neben Anduh und sah ihn an ...

Nach einer Weile streckte sie zaghaft ihre Hand aus, berührte ihn und ließ den gurgelnden Laut hören, der sein Name war. Er wandte sich um und stützte sich auf seinen Arm. Sein Gesicht war blass wie das eines Menschen, der voll Schrecken ist. Er sah sie einen Augenblick lang fest an, und dann lachte er plötzlich auf.

»Wauf!« antwortete sie – eine einfache aber ausdrucksvolle Unterredung.

Dann kam Anduh, kniete neben ihr nieder und spähte auf Händen und Knien über den Rand hinunter in die Schlucht. Sein Atem ging jetzt ruhig, und das Blut an seinem Bein hatte zu fließen aufgehört, obwohl die Risse, die die Bärin gemacht hatte, breit und offen waren.

Er kauerte nieder und starrte auf die Fußspuren des großen Bären, die in der Rinne zu sehen waren. Sie waren so breit wie sein Kopf und zweimal so lang. Dann sprang er auf und ging den Felsen entlang, bis er den Felssims sehen konnte. Dort setzte er sich dann nieder und dachte eine Weile nach, während Jula ihn beobachtete. Plötzlich bemerkte sie, dass die Bären fort waren.

Endlich erhob sich Anduh wie einer, der nun entschlossen ist. Er wandte sich der Rinne zu, Jula hielt sich dicht neben ihm, und so kletterten sie zusammen zum Felsband hinab.

Sie nahmen den Feuerstein und einen Kiesel, und dann ging Anduh hinunter, sehr vorsichtig, bis zum Fuße des Felsens, und suchte seine Axt. Nachdem er sie gefunden hatte, kehrten sie so leise wie sie nur konnten, zum Felsen zurück und machten sich munter auf den Weg. Das Felsband konnte ihnen nicht länger eine Heimat sein, wenn solche Besucher in der Nachbarschaft hausten. Anduh trug die Axt und Jula den Feuerstein. So einfach war ein paläolithischer Umzug.

Sie gingen stromaufwärts, obwohl sie da vielleicht direkt ins Lager des Höhlenbärs kommen konnten, aber sie hatten keinen anderen Weg.

Stromabwärts war der Stamm, und hatte Anduh nicht Uya und Wau erschlagen? Längs des Stromes mussten sie bleiben – des Trinkens wegen.

So liefen sie durch die Buchenwälder, und die Schlucht wurde immer enger und tiefer, bis der Fluss als schäumender Wasserfall fünfhundert Fuß unter ihnen dahinstürzte. Von allen wechselnden Dingen dieser Welt wechselt der Lauf der Flüsse in tiefen Tälern am wenigsten. Sie waren die ersten menschlichen Geschöpfe, die in das Land kamen. Einmal schnatterte eine graue Ente auf und verschwand wieder, und immer den Felsrand entlang lief die Spur des großen Höhlenbären, mächtig und gleichmäßig.

Und dann verschwand die Spur des Bären am Felsen und Anduh glaubte, daraus erkennen zu können, dass er irgendwoher von links hatte kommen müssen, und sich längs des Felsrandes haltend, standen sie plötzlich am Ende.

Sie sahen auf einen großen, halbkreisförmigen Platz hinab, der durch einen Felssturz entstanden war. Ein Felsblock war gerade quer über den Fluss in die Schlucht gestürzt, und hatte oben das Wasser in einen Teich zurückgedrängt, der jetzt in einen Wasserfall überlief. Der Sturz war vor langer Zeit geschehen. Überall war inzwischen Gras gewachsen, nur die Felsen, die um den Halbkreis standen, waren beinahe so frisch und weiß wie an dem Tag, als der Felsen abgebrochen und hinuntergestürzt war. Unten am Fuß der Felsenwand gähnten völlig frei und schwarz die Öffnungen einiger Höhlen.

Und als sie dort standen und sich den Ort ansahen, hatten sie nicht viel Interesse, ihn weiter anzusehen, weil sie glaubten, dass des Bären Lager irgendwo links liegen müsse, in der Richtung, nach der sie gehen müssten, erblickten sie plötzlich erst einen, und dann zwei Bären, die rechts den Grasabhang heraufkamen und quer über das Amphitheater auf die Höhlen zugingen. Der Bär lief voran; er hinkte ein wenig auf dem Vorderfuß und seine Miene war verzagt; und die Bärin watschelte hinterdrein.

Jula und Anduh traten vom Felsen zurück, bis sie eben nur noch über den Rand die Bären sehen konnten. Dann blieb Anduh stehen. Jula zog ihn am Arm, aber er wandte sich mit einer herrischen Gebärde um, da ließ sie die Hand sinken.

Anduh stand still, die Axt in der Hand, und beobachtete die Bären, bis sie in der Höhle verschwunden waren. Er brummte leise und schwang die Axt gegen das eben verschwindende Hinterteil der Bärin.

Dann legte er sich zu Julas Entsetzen, anstatt mit ihr fortzuschleichen, flach auf den Boden und kroch langsam vorwärts, bis er gerade die Höhle sehen konnte. Es waren doch Bären und er war so ruhig, als ob es Kaninchen wären, denen er auflauerte!

Er lag still, wie ein Stück Baumrinde, und die Sonne warf durch die Blätter der Bäume helle Flecken gerade auf seinen Körper. Und Jula verstand, dass Anduh sich neue Dinge ausdachte.

Den ganzen Nachmittag kämpften sie verzweifelt mit einem großen Kreideblock. Sie wälzten ihn mit Hilfe ihrer starken Muskeln allein aus der Rinne, in der er wie ein loser Zahn gehangen war, auf die Spitze des Felsens. Der Block reichte Jula bis zur Hüfte, er war stumpfwinkelig und mit scharfen Steinen gezähnt. Und als die Sonne unterging, lag er auf seinem Platz: drei Zoll vom Rand, genau über der Höhle des großen Höhlenbären.

In der Höhle stockte die Unterhaltung an diesem Nachmittag. Die Bärin schlummerte schmollend in einer Ecke – denn Schwein und Affe waren ihre Lieblingsspeisen – und der Bär leckte emsig seine Tatze und rieb sein Gesicht, um den Schmerz und die Hitze seiner Wunden zu kühlen. Später stand er auf und setzte sich gerade an den Ausgang der Höhle, sah mit dem einen heilen Auge hinaus in die Nachmittagssonne und dachte nach.

»In meinem ganzen Leben war ich noch nie so überrascht«, sagte er schließlich. »Das sind doch die merkwürdigsten Biester. *Mich* anzugreifen!«

»Ich mag sie nicht«, sagte die Bärin hinten aus dem Dunkel heraus.

»Ich habe noch niemals ein schwächeres Tier gesehen. Ich weiß nicht, wohin das führen soll in der Welt. Dürre, nackte Beine . Ich möchte nur wissen, wie die sich im Winter warm halten?«

»Wahrscheinlich gar nicht«, sagte die Bärin.

»Ich glaube, es ist eine misslungene Art von Affen.«

»Es ist eine Abart«, sagte die Bärin.

»Das Übergewicht, das er hatte, war rein zufällig«, sagte der Bär. »So etwas *kommt* vor.«

»Ich versteh' nicht, warum du sie stehen gelassen hast«, sagte die Bärin.

Diese Frage war schon vorher erörtert und festgestellt worden. Darum blieb der Bär von Erfahrung eine Zeitlang still und dachte nach. »Er hat eine Art Klaue – eine lange Klaue, die er erst an der einen und dann an der anderen Tatze zu haben schien. Nur eine einzige Klaue. Es gibt sehr merkwürdige Dinge.

Auch dieses helle Ding, das sie zu haben scheinen – genau wie der Schein, der bei Tag am Himmel zu sehen ist – nur springt es herum – wirklich, es ist sehenswert. Es hat auch eine Wurzel wie Gras, wenn es windig ist.«

»Beißt es?« fragte die Bärin, »wenn es beißt, kann es keine Pflanze sein.«

»Nein – – ich weiß nicht«, sagte der Bär. »Aber immerhin, es ist sehr merkwürdig.«

»Ich möchte aber trotzdem wissen, ob sie gut zu essen sind!« sagte die Bärin.

»Aber sie sehen danach aus«, sagte der Bär mit Appetit, denn der Höhlenbär war ein unverbesserlicher Fleischfresser und nur Wurzeln oder Honig waren nichts für ihn.

Die beiden Bären verfielen eine Zeitlang in stumme Betrachtungen. Dann nahm der Bär wieder die Pflege seines Auges auf. Das Sonnenlicht über dem grünen Abhang vor der Höhlenöffnung wurde immer wärmer im Ton, bis zum Rot des Bernsteins.

»Auch etwas Merkwürdiges – der Tag«, sagte der Höhlenbär, »es gibt viel zu viel davon, glaub ich. Sie sind ganz ungeeignet zum Jagen. Blendet mich immer. Ich wittere nicht halb so gut am Tag.«

Die Bärin antwortete nicht, es kam nur ein gemessenes, knirschendes Geräusch aus dem Dunkel. Sie hatte noch einen Knochen aufgestöbert.

Der Bär gähnte. »Ja«, sagte er. Dann schlenderte er zum Höhlenausgang, stand da, den Kopf schon im Freien, und überblickte das Amphitheater. Er fand, dass er den Kopf ganz herumdrehen konnte, wenn er die Dinge auf seiner rechten Seite sehen wollte. Hoffentlich wird das Auge morgen wieder ganz in Ordnung sein!

Er gähnte wieder. Da geschah über seinem Kopf ein Schlag, und eine große Masse Kalk flog hervor aus der Felswand, fiel eine Elle weit vor seiner Schnauze nieder und zersplitterte in hundert ungleiche Stücke. Das erschreckte ihn über alle Maßen.

Als er sich ein wenig von seinem Schrecken erholt hatte, ging er hin und schnüffelte neugierig an den übriggebliebenen Stücken des Wurfgeschosses. Sie hatten einen ausgesprochenen Geruch, der merkwürdig an die beiden hellbraunen Tiere vom Felsenband erinnerte. Er setzte sich nieder, betastete einen großen Klumpen mit der Pranke, ging mehrmals um ihn herum und suchte, ob er nicht irgendwo einen Menschen an ihm finden könnte ...

Als die Nacht kam, ging er fort, stromabwärts, um zu sehen, ob er nicht einen der Bewohner des Felsenbandes abschneiden könnte. Das Band war leer, es war keine Spur von dem roten Ding zu sehen; da er aber sehr hungrig war, zauderte er diese Nacht nicht lange, sondern zog weiter, um ein rotes Rehkalb zu finden. Darüber vergaß er die seltsamen Tiere.

Er fand ein Kalb, aber die Hirschkuh war dicht dabei und machte ihm einen hässlichen Kampf. Der Bär musste vom Kalb ablassen, aber da ihr Blut einmal in Wallung war, hielt sie dem Angriff stand, bis es ihm zuletzt gelang, ihr mit der Tatze einen Schlag auf die Schnauze zu versetzen und sie zu fassen. Mehr Fleisch, aber nicht so fein, – und die Bärin, die gefolgt war, erhielt ihren Teil.

Am nächsten Nachmittag fiel merkwürdigerweise wieder ein weißer Felsblock herab, und schlug genauso wie der vorige auf.

Der dritte jedoch, der in der darauffolgenden Nacht fiel, traf sein Ziel besser. Er schlug auf des Bären nichtsahnenden Kopf mit solcher Wucht auf, dass es die ganze Felswand entlang widerhallte und die weißen Splitter und Stücke nach allen Himmelsrichtungen flogen.

Die Bärin, die nachfolgte und ihn neugierig beschnüffelte, fand ihn in einer seltsamen Stellung daliegen, den nassen Kopf ganz formlos. Sie war eine junge, unerfahrene Bärin, und nachdem sie eine Weile an ihm herumgeschnüffelt und ein wenig an ihm geleckt hatte, entschloss sie sich, ihn allein zu lassen, bis seine seltsame Laune vorüber wäre; und so ging sie allein auf die Jagd.

Sie spürte dem Rehkalb von der roten Hirschkuh nach, die sie vor zwei Nächten getötet hatten, und fand es auch wieder. Aber es war so einsam, allein zu jagen ohne den Partner, und so kehrte sie vor der Morgendämmerung zur Höhle heim.

Der Himmel war grau und bedeckt, die Bäume oben in der Schlucht waren schwarz und unheimlich, und in ihr Bärenherz schlich sich ein dunkles Vorgefühl befremdender und schrecklicher Ereignisse. Sie erhob ihre Stimme und rief den Bären beim Namen. Von den Felswänden der Schlucht hallte es wider.

Als sie sich der Höhle näherte, sah und hörte sie im Halbdunkel, wie sich zwei Schakale eilig davonmachten. Direkt danach heulte eine Hyäne, ein Dutzend plumpe Steinklumpen kollerten den Abhang herunter,– und sie blieb stehen und schrie spottend: »Herr der Felsen und Höhlen – Ya-ha!« So trug es der Wind mit herunter.

Das Gefühl des Entsetzens wurde plötzlich heftig in dem Gemüt der Bärin. Sie watschelte quer über das Amphitheater. »Ya-ha!« sagten die Hyänen zurückweichend, »Ya-ha!«

Der Höhlenbär lag nicht genau in derselben Stellung wie zuvor, weil die Hyänen an der Arbeit gewesen waren, und an einer Stelle schimmerten weiß seine Rippen. Rings um ihn, über den Rasen verstreut, lagen die zerschlagenen Trümmer der drei großen Kreideblöcke. Und die Luft war von Leichengeruch erfüllt.

Die Bärin fuhr zu Tod erschrocken zurück. Sogar jetzt konnte sie es nicht begreifen, dass der große und herrliche Bär getötet worden wäre. Dann hörte sie hoch über ihrem Kopf ein sonderbares Geräusch, ein wenig wie der Schrei einer Hyäne, aber voller und leiser im Ton. Sie blickte empor, ihre kleinen lichtgeblendeten Augen sahen wenig und ihre Nasenlöcher bebten.

Und da, oben am Felsrand, hoch über ihr gegen das helle Morgenrot, waren zwei kleine, zottige, schwarze Dinger, die Köpfe Julas und Anduhs, wie sie spottend auf sie herab schrieen. Aber obwohl sie sie nicht sehr deutlich sehen konnte, konnte sie doch hören, und dunkel begann sie zu begreifen. Ein neues Gefühl, wie von unermesslichem, fremdem Unglück, drang in ihr Herz.

Sie begann die zerschlagenen Kreidestücke zu untersuchen, die rings um den Bären lagen. Eine Weile stand sie still, sah um sich und gab einen leisen, ununterbrochenen Ton von sich, der beinahe ein Wehklagen war.

Früher hatte es wenig Streit zwischen Pferden und Menschen gegeben. Sie lebten getrennt voneinander – die Menschen in den Flusssümpfen und Dickichten, die Pferde in den weiten, grasbewachsenen Hochländern, zwischen den Kastanien- und Fichtenwäldern. Manch mal verirrte sich wohl ein Klepper in die schlammigen Sümpfe und gab, nachdem man ihn durch Steinwürfe erschlagen hatte, ein köstliches Mahl; manches mal auch fanden die Leute des Stammes ein Pferd, die Beute eines Löwen, und schmausten, sobald sie die Schakale fortgejagt hatten, nach Herzenslust, während die Sonne hoch am Himmel stand.

Die Pferde von damals hatten plumpe Fesseln, einen struppigen Schweif, einen großen Kopf und waren von schwarzbrauner Färbung. Sie kamen jeden Frühling nordwestwärts ins Land, nach den Schwalben und vor den Flusspferden, wenn das Gras auf den weiten Flächen des Tieflandes hoch aufschoss.

Sie kamen nur in kleinen Rudeln so weit und jede Herde – etwa ein Hengst, zwei oder drei Stuten und ein Füllen – hatte ihren eigenen Landstrich; und sie gingen wieder, wenn die Kastanienbäume gelb wurden und die Wölfe von den Bergen herunterkamen.

Sie hatten die Gewohnheit, immer weit draußen im Freien zu grasen, und nur während der größten Hitze des Tages suchten sie Deckung. Sie mieden die weiten Flächen von Dorngestrüpp und Buchenwäldern und zogen vereinzelte Baumgruppen, wo es keinen Hinterhalt geben konnte, vor, so dass es schwer war, an sie heranzukommen. Kämpfer waren sie nie gewesen; ihre Hufe und Zähne brauchten sie nur gegeneinander; aber jagten sie einmal in vollem Galopp über das freie Feld, dann kam ihnen kein lebendes Geschöpf nahe; der Elefant hätte es vielleicht vermocht, wenn er es für notwendig befunden hätte.

Und die Menschen schienen damals recht harmlose Geschöpfe gewesen zu sein. Kein Flüstern einer prophetischen Eingebung hatte dieser Tierart verraten, welch furchtbare Sklaverei ihr bevorstünde, hatte ihr von der Peitsche erzählt, den Sporen und den Zügeln, von den schweren Lasten, den schlüpfrigen Straßen, dem schlechten Futter und von all dem, was da kommen sollte statt jenes weiten Wiesenlandes und aller Freiheit der Erde.

Unten in den Sümpfen hatten Anduh und Jula die Pferde niemals in der Nähe gesehen; aber jetzt sahen sie sie jeden Tag, wenn sie beide zusammen aus ihrem Lager am Felsrande der Schlucht auf Raub auszogen, auf der Jagd nach Nahrung. Sie waren zum Felsband zurückgekehrt; denn vor der Bärin hatten sie keine Angst. Die Bärin hatte vielmehr vor ihnen Angst, und wenn sie von ihnen Witterung bekam, ging sie aus dem Weg.

Die beiden waren immer und überall zusammen; denn seitdem sie den Stamm verlassen hatten, war Jula mehr Anduhs Genosse als sein Weib; sie lernte sogar jagen – sie war wirklich eine wundervolle Frau.

Er lag oft stundenlang still, um einem Tier aufzulauern oder um Fallen auszuhecken; und dann stand sie neben ihm, ihre hellen Augen auf ihn gerichtet, ohne störende Fragen zu stellen.

Ganz oben auf dem Felsen war eine große freie Wiese und dann ein Buchenwald; durchschritt man diesen Buchenwald, so kam man an den Rand eines hügeligen, grasbewachsenen Platzes und in Sicht der Pferde.

Hier am Waldesrand, zwischen den Bäumen und den Farnen, waren die Kaninchenbaue, und hier lagen Jula und Anduh in den grünen Blättern; sie hielten ihre Wurfsteine bereit und warteten, bis das kleine Volk hervorkäme, um bei untergehender Sonne herum zu nagen und zu spielen. Und während Jula den Bau beobachtete, glitten Anduhs Augen immer wieder ab, über den Rasen, zu jenen wundervollen grasenden Unbekannten.

Dunkel fühlte und schätzte er ihre Grazie und ihre geschmeidig-flinken Bewegungen. Wenn sich abends die Sonne senkte und die Hitze des Tages dahinschwand, wurden sie lebendig, begannen sich zu jagen, wieherten, spielten, schüttelten ihre Mähnen, liefen im großen Bogen herum, manchmal so eng beieinander, dass es über den gestampften Rasen unter ihren Hufen wie rollender Donner dröhnte. Es sah so herrlich aus, dass Anduh große Lust hatte, mitzutun. Und manchmal wälzte sich eines der Pferde auf der Erde und schlug mit seinen vier Hufen himmelwärts, was furchtbar aussah und sicherlich viel weniger verführerisch war.

Dunkle Vorstellungen wälzten sich in Anduhs Kopf, aber wenn er schlief, waren seine Gedanken klarer und kühner. Er kam den Pferden nahe, er träumte und kämpfte, Wurfsteine gegen Hufe; aber dann verwandelten sich die Pferde in Menschen oder zumindest in Menschen mit Pferdeköpfen, und er erwachte, in kalten Angstschweiß gebadet.

Des anderen Tages jedoch, als die Pferde grasten, wieherte eine Stute, und da sahen sie Anduh, der mit dem Winde heraufkam. Sie hörten alle auf zu fressen und beobachteten ihn misstrauisch.

Anduh kam nicht auf sie zu, sondern streifte abschwenkend auf dem Platz umher und sah nach allem in der Welt, nur nicht nach den Pferden. Er hatte drei Farnwedel in den Flechten seines Haares stecken, was seiner Erscheinung etwas Auffallendes gab, und schritt sehr langsam einher.

»Na, was ist denn das?« sagte Junker Hengst, ein tüchtiger, aber unerfahrener Geselle.

»Es sieht von allen Dingen der Welt noch am ehesten wie die vordere Hälfte eines Tieres aus«, sagte er. »Vorderbeine sind da, aber keine Hinteren.«

»Ach, es ist nur eines jener rosa Affendinger«, sagte die älteste Stute. »Das ist so eine Art Flußaffe. Sie kommen in den Ebenen sehr häufig vor.«

Anduh setzte in schräger Richtung seine Annäherung fort. Der ältesten Stute fiel es auf, dass er eigentlich gar keinen Grund hatte, in dieser Richtung weiterzugehen.

»Narr!« sagte die älteste Stute in ihrer schnell entscheidenden Art. Sie nahm das Grasen wieder auf. Junker Hengst und die zweite Stute folgten ihrem Beispiel.

»Schau! Er ist jetzt schon wieder näher gekommen«, sagte das Füllen mit dem Streifen.

Eines der jüngeren Fohlen machte eine unruhige Bewegung. Anduh warf sich nieder, saß da und sah die Pferde unverwandt an. Nach einer Weile stellte er zufrieden fest, dass sie weder auf Flucht noch Feindschaft sannen.

Er begann über sein nächstes Vorgehen nachzudenken. Er war nicht begierig zu töten, aber er hatte seine Axt mit, und ein sportlicher Ehrgeiz trieb ihn an. »Wie könnte man eines dieser Geschöpfe töten? – Diese großen, schönen Geschöpfe!«

Jula, die ihn mit ängstlicher Bewunderung aus der Deckung der Farnkräuter beobachtete, sah ihn plötzlich auf allen vieren wieder weiter vorgehen.

Aber den Pferden war er als Zweifüßler lieber gewesen als Vierfüßler, und Junker Hengst warf seinen Kopf zurück und gab das Zeichen zum Aufbruch. Anduh dachte, dass sie nun endgültig fort wären, aber nachdem sie eine Minute lang galoppiert hatten, kamen sie in weitem Bogen zurück und standen da und witterten nach ihm. Dann, weil ihn eine Bodenerhebung verbarg, bildeten sie eine Reihe hintereinander, Junker Hengst an der Spitze, und näherten sich ihm in einer Schwarmlinie.

Er wusste ebenso wenig von den Fähigkeiten der Pferde, wie sie von den seinen. Und es schien in diesem Augenblick geradezu, als hätte er große Angst. Er wusste, dass rotes Wild oder Büffel, wenn man solches Anschleichen fortsetzte, würde er zum Angriff übergehen. Jedenfalls sah Jula, wie er aufsprang und, den Farnwedel in der Hand, auf sie zukam.

Sie stand auf, und er grinste, um ihr zu zeigen, dass das Ganze ein Riesenspaß gewesen wäre, dass er genau das getan hätte, was er sich von allem Anfang an zu tun vorgenommen hatte. Somit war dieser Vorfall beendet. Aber den ganzen Tag über war er sehr nachdenklich.

Am nächsten Tag trieb sich dieses närrische, bräunliche Geschöpf mit der Löwenmähne wieder bei den Pferden herum, statt sich um Weide und Jagd zu kümmern, die für ihn passten. Die älteste Stute war nur für schweigende Verachtung. »Ich vermute, er will etwas von uns lernen«, sagte sie, und, »na, dann lasst ihn halt!«

Den nächsten Tag war er wieder da. Junker Hengst entschied, dass er damit bestimmt nichts weiter bezwecke. Tatsächlich aber bezweckte Anduh sehr viel. Er bewunderte sie vorbehaltlos und er wollte diesen Tieren, deren schöne Linien er bewunderte, nahe sein.

Dann wieder war es ein unbestimmtes Verlangen, zu töten, wenn sie ihn nur nahekommen ließen! Aber sie zogen die Grenzlinie, wie er beobachtete, ungefähr fünfzig Ellen weit. Kam er näher, so zogen sie sich würdevoll zurück.

Plötzlich hatte er einen Einfall, den Pferden auf den Rücken zu springen. Aber obwohl Jula kurze Zeit darauf auch aus dem Wald ins Freie hervorkam und sie gemeinsam unauffällig herumstreiften, ging die Sache irgendwie nicht vorwärts.

Da hatte Anduh eine neue Idee. Das Pferd blickt nach unten und geradeaus in die Ebene, aber es blickt niemals aufwärts. Kein Tier blickt aufwärts – sie haben zu viel gesunden Verstand. Nur dieses phantastische Geschöpf – der Mensch – konnte seinen Witz himmelwärts vergeuden. Anduh zog keine philosophischen Folgerungen, aber er bemerkte, dass die Sache so war.

So verbrachte er einen ermüdenden Tag im Schatten einer Buche, die im Freien stand, während Jula herumschlich. Gewöhnlich kamen die Pferde nachmittags während der größten Hitze in den Schatten; aber an diesem Tage war der Himmel bedeckt, und sie wollten nicht auf die Wiese komme, zu Julas größtem Kummer.

Es war zwei Tage später, als Anduhs Wunsch in Erfüllung ging. Der Tag war glühend heiß und die sich stets vermehrenden Fliegen waren unerträglich. Die Pferde hörten vor Mittag zu grasen auf, kamen in den Schatten seines Baumes und standen schnaubend zu Paaren, Nase an Schwanz.Junker Hengst verdankte es seinen Hufen, dass er dem Baum am nächsten zu stehen kam. Und plötzlich gab's ein Rascheln, ein Knacken, einen Aufschlag.

Dann traf ihn ein scharfkantiger Stein in die Backe. Junker Hengst strauchelte, fiel ins Knie, sprang wieder auf die Beine und war fort wie der Wind. Die Pferde bäumten sich, und die Luft war erfüllt von wirbelnden Gliedern, schlagenden Hufen und ängstlichem Schnauben.

Anduh wurde fußhoch in die Luft geschleudert, kam wieder herunter und wieder hinauf, sein Magen wurde heftig gestoßen und dann fassten seine Knie etwas, was zwischen ihnen war. Er fand von selbst einen Halt mit Knien, Fäusten und Händen und jagte, heftig hin und her geworfen, wild durch die Luft, seine Axt war fort, weiß Gott wo. »Festhalten!« sagte sein Mutter-Instinkt, und das tat er.

Er spürte eine Menge grober Haare im Gesicht, einige zwischen den Zähnen, und vor seinen Augen floss ein Streifen grüner Wiese vorbei. Er sah die Schulter von Junker Hengst, groß, glatt und weich, und wie sich die Muskeln unter der Haut schnell bewegten. Er fühlte, dass er die Arme um den Hals des Pferdes geschlungen und dass das heftige Stoßen, das er verspürte, einen gewissen Rhythmus hatte.

Dann befand er sich inmitten wild dahinjagender Baumstämme, dann wieder waren Zweige und Farne ringsumher, und dann wieder offene Wiesenflächen. Ein Strom von Kieselsteinen schoss vorbei, einzelne kleine Steine flogen unter den schnellen Hufschlägen seitwärts, quer darüber. Anduh fing an, sich schrecklich unwohl und schwindlig zu fühlen, aber es war nicht seine Art, einfach loszulassen, nur, weil es unbequem war.

Er wagte es nicht, loszulassen, aber er versuchte, es sich bequemer zu machen. Er umklammerte den Hals des Pferdes nicht mehr so fest und fasste stattdessen in die Mähne. Er schob die Knie vor, rutschte zurück und kam dort, wo das Hinterteil des Pferdes breiter wird, in eine mehr sitzende Stellung. Es war ein schweres Stück Arbeit, aber er brachte es fertig und zuletzt saß er so ziemlich rittlings auf dem Pferde, atemlos zwar und nicht ganz sicher, aber doch wenigstens befreit von diesem zermalmenden Stoßen.

Langsam kamen die Bruchstücke von Anduhs Denkkraft wieder in Ordnung. Das Tempo schien ihm fürchterlich zu sein, aber eine gewisses Freude begann seinen ersten wahnsinnigen Schrecken zu verdrängen. Die Luft strich vorbei, süß und wundervoll, der Rhythmus der Hufschläge wechselte, brach ab und kehrte wieder in sich selbst zurück.

Sie waren auf freier Wiese jetzt, auf einer weiten Lichtung – die Buchenbäume auf beiden Seiten ungefähr hundert Ellen weit entfernt, und ein saftig grünes Band schlängelte sich in der Mitte hinab, sternbesät mit hellen Blüten und hie und da schillernd vom Silberglanz einzelner kleiner Wasserbecken. Weit in der Ferne sah man einen blauen Schimmer des Tales – weit, weit weg. Es war des Menschen erste Freude am Galopp.

Dann kam eine weite Fläche, gefleckt mit fliehenden Dammhirschen, die hierhin und dorthin stoben, und dann ein paar Schakale, die Anduh irrtümlich für einen Löwen hielten und hinter ihm herjagten. Und als sie sahen, dass es kein Löwe war, liefen sie doch noch mit, nur aus Neugier.

Weiter jagte das Pferd; es hatte nur einen Gedanken – zu entkommen; und hinter ihm her die Schakale mit aufgestellten Ohren und kurz bellenden Zurufen. »Wer tötet wen?« sagte der eine Schakal. »Das Pferd ist's, das getötet wird«, sagte der andere. Sie heulten das Signal des Verfolgens und das Pferd antwortete darauf, wie Pferde heute auf die Sporen antworten.

Und so jagten sie durch den stillen Tag, scheuchten erschrockene Vögel auf, trieben ein Dutzend nichtsahnende Tiere dazu, eiligst Deckung zu suchen, wirbelten Myriaden unwilliger Mistfliegen auf, stampften junge, lieblich blühende Knospen zurück in den Wiesengrund. Dann wieder Bäume, und dann, patsch, patsch durch einen Gießbach; dann schoss ein Hase zwischen den Grasbüscheln hervor, unmittelbar unter Junker Hengstens Hufen, und sofort verließen sie die Schakale. So brachen sie endlich wieder ins Freie durch, eine weite grasbewachsene Fläche am Abhang des Hügels in die Wiesenhänge.

Bei Junker Hengst war der erste heiße Sturm schon lange vorbei. Er fiel in einen abgemessenen Trott, und Anduh, obwohl er grausam zerschlagen und in großer Ungewissheit über seine nächste Zukunft war, befand sich in einem Zustand ruhmerfüllten Genießens. Und nun begann eine neue Entwicklung. Abermals wurde der Schritt langsamer, Junker Hengst ging um eine jähe Kurve herum und blieb plötzlich mit einem Ruck stehen ...

Anduh wurde munter. Er wünschte, dass er einen Stein hätte; aber sein Wurfstein, den er an einem Riemen um den Leib getragen hatte, war, ebenso wie die Axt – weiß Gott wo. Junker Hengst wandte den Kopf, und Anduh sah ein Auge und Zähne. Er schwang sein Bein in Sicherheit zurück und schlug mit der Faust gegen die Backe des Pferdes. Dann ging der Kopf irgendwo hinunter und schien gänzlich zu verschwinden, und der Rücken, auf dem Anduh saß, flog turmhoch in die Luft.

Anduh wurde wieder ein Geschöpf des Instinktes – er griff zu und hielt fest; er hielt sich mit Knien und Füßen, und sein Kopf schien gegen den Wiesenboden hinabzugleiten. Seine Finger waren fest in der zottigen Mähne verflochten, und das grobe Haar des Pferdes rettete ihn. Die Stelle, auf der er sich befand, senkte sich wieder, und dann – »Wupp!« sagte Anduh erstaunt, denn nun ging es nach der anderen Seite in die Höhe.

Aber Anduh stand dem Ursprung um tausend Generationen näher als der Mensch; kein Affe hätte sich besser festhalten können. Und durch den Löwen war das Pferd in unzähligen Generationen darauf eingeübt, herumzuwirbeln und sich zu bäumen. Und der Junker Hengst konnte ausschlagen wie ein Meister und machte tadellose Bocksprünge. Anduh erlebte in fünf Minuten ein ganzes Lebensalter. Er war davon überzeugt, dass das Pferd ihn töten würde, wenn er herunterkäme.

Dann entschloss sich Junker Hengst, wieder seine alte Taktik aufzunehmen, und ging plötzlich im Galopp durch. Er jagte den Abhang hinunter, nahm die steilsten Stellen in vollem Lauf, wich weder rechts noch links aus, und die weiten Flächen des Tales versanken, wie sie hinunterstürmten, und verschwanden hinter den sich nähernden Reihen der Eichbäume und Hagedornbüsche.

Diese umsäumten einen plötzlich auftauchenden Wassertümpel, der von einer kleinen Quelle gebildet wurde, mit üppigem Unkraut und Silberbüschen. Der Boden wurde weicher und das Gras höher, und rechts und links standen Weißdornsträucher verstreut umher – noch immer besät mit verspäteten Blüten. Dann wieder wurde das Gebüsch dichter, so dass die Zweige den vorbeisausenden Reiter peitschten und schlugen und kleine Blutstropfen Mann und Pferd bedeckten. Dann wurde der Weg wieder freier.

Und plötzlich erhob sich im Gebüsch ein unmäßig zorniges Geschrei, das Schreien eines Geschöpfes, dem bitteres Unrecht geschehen war. Und hinter ihnen her polternd, erschien eine große graublaue Gestalt. Es war Yaaa, das großgehörnte Nashorn, in einem seiner Wutanfälle, wenn es nach der Sitte seiner Art mit voller Ladung drauf losging. Es war beim Fraße aufgeschreckt worden, und darum wusste jeder, aufgeschlitzt und zerstampft werden. Es drang von links her auf sie ein, sein böses, kleines Auge war rot vor Wut, sein großes Horn tief am Boden, und sein Schwanz war wie ein Notmast hinten hoch aufgestellt.

Einen Augenblick lang ging es Anduh durch den Kopf, herunterzugleiten und zu versuchen, durch Zickzacksprünge zu entkommen; aber dann, sieh da! Das Klappern der Hufe wurde schneller und das Nashorn mit seinen kurzen, dicken, eilenden Beinen schien in Anduhs hinterem Augenwinkel zu verschwinden.

In zwei Minuten waren sie zwischen den Hagedornbüschen durch und wieder draußen im Freien; es ging ganz schnell. Eine Zeitlang hörte er hinter sich die schweren Schritte des Verfolgers widerhallen, und dann war es genau so, als wäre Yaaa niemals zornig geworden, als hätte er niemals existiert. Die Gangart des Pferdes stockte nicht mehr; weiter ritten sie und immer weiter.

Anduh spottete und beleidige das Nashorn. »Yaaa! Großnase!« rief er und verrenkte sich den Hals, um noch vielleicht ein Pünktchen von dem Verfolger zu sehen. »Warum hast du nicht deinen Wurfstein in der Faust!« schloss er mit einem spöttisch-wilden Schrei.

Aber dieser Spottruf hatte böse Folgen. Er hatte ihn dem Pferd direkt und ganz unerwartet ins Ohr geschrien und es damit ganz ungemein erschreckt. Der Hengst scheute. Anduh fühlte sich plötzlich wieder ziemlich unbequem. Er hing mit einem Arm und einem Knie an dem Pferde. Der Rest des Rittes war ehrenvoll, aber unangenehm. Die Aussicht ging meist auf den blauen Himmel, und zwar verbunden mit den unerfreulichsten physischen Empfindungen. Er schlug mit Wange und Schulter auf den Boden, und dann nach einer verwickelten und ungewöhnlich schnellen Bewegung, schlug er nochmals mit dem unteren Ende des Rückgrates auf. Er sah Funken und Sterne vor den Augen. Der Boden schien nun ebenso zu tanzen wie vorher das Pferd.

Dann merkte er, dass er weit hinter dem Busch auf dem Grasboden saß. Ihm gegenüber dehnte sich eine Wiesenfläche, die immer grüner wurde und grüner, und in der Ferne sah er eine Menge menschlicher Geschöpfe, und das Pferd ging im munteren Galopp, ziemlich weit weg, rechts im Bogen herum.

Die menschlichen Geschöpfe waren am gegenüberliegenden Flussufer, einige noch im Wasser, aber sie liefen alle davon, so schnell sie konnten. Das Auftauchen eines Ungeheuers, das in Stücke auseinanderfiel, gehörte nicht zu jener Art von Neuigkeiten, die sie liebten.

Eine ganze Minute lang saß Anduh da und betrachtete sie wie ein Zuschauer. Die Biegung des Flusses, der Hügel zwischen Schilfrohr und Königsfarnen, die dünnen Rauchsäulen, die zum Himmel aufstiegen – all das war ihm vollkommen vertraut. Es war Uyas Siedlungsplatz, vor dem er mit Jula geflohen war und dem er im Kastanienwald aufgelauert, den er mit der ersten Axt erschlagen hatte.

Er sprang auf die Füße, noch schwindlig von seinem Sturz, und als er dies tat, wandten sich die verstreuten Flüchtlinge um und sahen ihn an. Einige zeigten auf das zurückweichende Pferd und schnatterten. Er ging langsam auf sie zu und starrte sie an. Er vergaß das Pferd, er vergaß seine Wunden, so sehr interessierte ihn diese Begegnung. Es waren weniger als in früherer Zeit, und er vermutete, dass die anderen sich wohl versteckt hätten, und der Haufen dürrer Farne für das Nachtfeuer war nicht so hoch wie früher.

Neben dem Berg von Kieselsteinen müsste Wau sitzen – aber dann erinnerte er sich plötzlich, dass er Wau erschlagen hatte. So plötzlich in die bekannte Umgebung zurückgeführt, schienen ihm die Schlucht und die Bären und Jula wie weit entfernte Dinge – Dinge, die er alle irgendwann geträumt hatte.

Er betrachtete die Leute des Stammes. Es waren aber weniger als früher, davon war er überzeugt.

Er stieß den Ruf des Heimkehrenden aus. Sein Streit war mit Uya und Wau gewesen – nicht mit den andern. »Kinder Uyas«, rief er. Sie antworteten mit seinem Namen, etwas zaghaft zwar wegen der befremdenden Art seiner Ankunft.

Eine Weile sprachen sie miteinander. Dann erhob eine alte Frau ihre schrille Stimme und antwortete ihm: »Unser Herr ist ein Löwe.«

Anduh verstand dies nicht. Da antworteten sie ihm wieder, mehrere zusammen: »Uya kommt wieder. Unser Herr ist ein Löwe. Er kommt zur Nacht und er erschlägt, wen er will. Aber kein anderer darf uns erschlagen«. Noch immer verstand Anduh nichts. »Unser Herr ist ein Löwe. Er redet nicht mehr mit Menschen.«

Anduh stand still und sah sie an. Er hatte seltsame Träume gehabt – er wusste, dass Uya noch lebte, obwohl er ihn getötet hatte. Und nun sagten sie ihm, dass Uya ein Löwe sei.

Das runzelige, alte Weib, die Herrin der Feuerhüter, wandte sich plötzlich um und sprach leise zu denen, die neben ihr standen. Sie war wirklich ein sehr altes Weib; sie war Uyas erste Frau gewesen, und er hatte sie über das Alter hinaus leben lassen, bis zu dem man sonst normalerweise eine Frau leben lassen soll. Sie war von allem Anfang an besonders schlau gewesen, um Uya zu gefallen und um Essen zu bekommen. Und jetzt war sie groß im Ratschlagen. Sie sprach leise und Anduh beobachtete vom anderen Flussufer aus ihre runzelige Gestalt mit einem seltsamen Ekelgefühl. Da rief sie plötzlich laut: »Komm herüber zu uns, Anduh!«

Plötzlich erhob ein junges Mädchen die Stimme: »Komm herüber zu uns, Anduh!« rief sie. Und alle fingen an zu schreien: »Komm herüber zu uns, Anduh!« Es war merkwürdig, wie sie ihr Benehmen änderten, nachdem das alte Weib gerufen hatte.

Er stand ganz still und beobachtete sie alle. Es war nett, gerufen zu werden, und das Mädchen, das zuerst gerufen hatte, war hübsch. Aber sie erinnerte ihn an Jula.

»Komm herüber zu uns, Anduh!« riefen sie, und man hörte die Stimme des runzeligen, alten Weibes unter allen heraus. Bei dem Klang ihrer Stimme kehrten seine Bedenken wieder.Seine Gedanken nahmen langsam Gestalt an. Erst hörte der eine, dann wieder ein anderer auf, um zu sehen, was er tun werde. Er wollte zurückgehen, dann wollte er wieder nicht. Plötzlich behielt seine Angst oder seine Vorsicht die Oberhand. Ohne ihnen zu antworten, drehte er sich um und ging zu dem abseits dastehenden Dornbusch zurück, den Weg, den er gekommen war.

Sofort fing der ganze Stamm wieder eifrig an, ihn zu rufen. Er zögerte und drehte sich um, dann ging er wieder weiter, wandte sich abermals um, und dann noch einmal, und sah sie traurig an, als sie ihn riefen.

Zuletzt ging er zwei Schritte auf sie zu, bevor seine Furcht ihn wieder zurückhielt. Sie sahen ihn nochmals stehenbleiben und plötzlich den Kopf schütteln und dann zwischen den Hagedornsträuchern verschwinden. Da erhoben alle Frauen und Kinder zusammen die Stimmen und riefen ihn, mit einer letzten vergeblichen Anstrengung.

Tiefer unten am Fluss bewegte sich das Schilfrohr im Winde, dort, wo der alte Löwe, der sich nun aufs Menschenfressen verlegte, seinen Sitz aufgeschlagen hatte, bequem gelegen für diese neuartige Nahrung.

Dorthin wandte das alte Weib ihr Gesicht und zeigte nach dem Hagedorngestrüpp. »Uya,« schrie sie, » Dort geht dein Feind, Uya! Warum zerfleischest du uns in der Nacht? Wir haben versucht, ihn in die Falle zu locken! Dort geht dein Feind, Uya!«

Aber der Löwe, der dem Stamme nachstellte und ihm seine Kinder raubte, hielt seine Siesta. Der Ruf blieb ungehört. An diesem Tage hatte er eines der dickeren Mädchen verspeist und er befand sich in einem Zustand angenehmer Gelassenheit. Er verstand es wirklich nicht, dass er Uya, oder dass Anduh sein Feind sein sollte.

So geschah es, dass Anduh das Pferd ritt und zum ersten Mal von Uya, dem Löwen, hörte, der an Uyas Stelle, des Herrn, getreten war und der jetzt den Stamm auffraß. Und als er zurück zur Schlucht eilte, waren seine Gedanken nicht mehr von dem Pferd erfüllt, sondern davon, dass Uya noch immer lebte, um zu erschlagen oder um erschlagen zu werden.

Immer und immer wieder sah er die zusammengeschrumpfte Horde von Frauen und Kindern, die riefen, dass Uya ein Löwe sei. Uya war ein Löwe!

Und plötzlich, in der Angst, dass die Dämmerung ihn überraschen könnte, fing Anduh zu laufen an. Der alte Löwe hatte Glück. Die Leute des Stammes empfanden einen gewissen Stolz auf ihren Beherrscher, aber das war schließlich alles, was sie an Befriedigung dabei herausschlagen konnten. Er war in eben der Nacht gekommen, als Anduh Uya den Schlauen erschlagen hatte, und so geschah es, dass sie ihn jetzt Uya nannten. Es war das alte Weib, die Feuerhüterin, die ihn zuerst Uya genannt hatte.

Ein Regenguss hatte das Feuer niedergeschlagen – es glimmte nur schwach – und es hatte die Nacht finster gemacht. Und als sie miteinander sprachen und jeder Mühe hatte, den anderen in dieser Finsternis zu erkennen, und ängstlich warteten, was Uya ihnen im Traum wohl antun werde, jetzt, wo er tot war – hörten sie plötzlich, ganz nahe, den anschwellenden Widerhall des Löwengebrülls. Dann war alles wieder still. Sie hielten den Atem an, so dass das Plätschern des Regens und das Zischen der Regentropfen in der Asche beinahe die einzigen Geräusche waren. Und dann, nach einer endlosen Weile – ein Knacken und ein Angstschrei und ein Brummen.

Sie sprangen auf, rufend, schreiend, hierhin und dorthin rennend, aber die verkohlten Zweige wollten nicht brennen, und in einem Augenblick wurde das Opfer durch die Farne fortgeschleppt. Es war Irk, Waus Bruder. So kam der Löwe zu ihnen. In der darauffolgenden Nacht , als die Farnkräuter noch nass vom Regen waren, kam er wieder und nahm Klick den Rothaarigen. Das genügte für zwei Nächte.

Und dann, während der Finsternis, zur Zeit des Neumondes, kam er drei Nächte hintereinander jede Nacht, obwohl sie ein gutes Feuer hatten. Er war ein alter Löwe mit kurzen Zähnen, aber sehr ruhig und kühl; er hatte die Feuer schon vorher gekannt; und es waren das nicht die ersten Menschen, die ihm in seinem langen Leben begegnet waren.

In der dritten Nacht kam er zwischen das äußere und das innere Feuer, sprang über den Steinhaufen und warf Irm nieder, den Sohn Irks, der wahrscheinlich Führer geworden wäre. Das war eine furchtbare Nacht; sie hatten nämlich hoch aufgetürmte Farnkräuter hell auflodern lassen und rannten schreiend herum.

Der Löwe verfehlte Irm, er bekam ihn schlecht zu fassen; und beim Scheine des Feuers sahen sie, wie Irm sich emporarbeitete, ein Stückchen auf sie zurannte, und dann hatte ihn der Löwe mit zwei Sätzen wieder und riss ihn nieder. Das war das Letzte, was sie von Irm gesehen hatten.

Die Furcht kam und alle Freuden des Frühlings schwanden aus ihrem Leben. Schon waren fünf Männer des Stammes dahingegangen und vier nachfolgende Nächte fügten zu dieser Anzahl drei weitere hinzu. Mutlos suchten sie ihre Nahrung, denn keiner wusste, wer der nächste an der Reihe war, und den ganzen Tag über plagten sich die Frauen, sogar die Lieblingsfrauen, um Streu und Zweige für das Nachtfeuer zu sammeln. Und die Jäger jagten schlecht; während der warmen Frühlingszeit kehrte der Hunger wieder, als wäre es noch Winter.

Der Stamm hätte wandern können, wenn ein Führer dagewesen wäre; aber sie hatten keinen Führer, und niemand wusste, wohin man gehen sollte, um von dem Löwen nicht verfolgt zu werden.

So wurde der Löwe dick und fett und dankte dem Himmel für das freundliche Menschengeschlecht. Zwei Kinder und ein Jüngling starben noch während der Zeit des Neumondes, und da geschah es, dass die runzelige, alte Feuerhüterin als erste sich in einem Traume an Jula und Anduh erinnerte und wie Uya erschlagen worden war.

Sie war ihr Lebtag in Angst vor Uya gewesen und jetzt lebte sie in Angst vor dem Löwen. Dass Anduh Uya wirklich getötet haben sollte – Anduh, dessen Geburt sie miterlebt hatte – das war unmöglich. Also war es wirklich Uya, der noch immer auf der Suche nach seinem Feind war!

Und dann kam die merkwürdige Rückkehr Anduhs; man hatte ein wunderbares Tier weit drüben auf der anderen Seite des Flusses dahinjagen gesehen, das sich plötzlich in zwei Tiere verwandelte, in ein Pferd und in einen Menschen. Wenn sie dieser Vorbedeutung nachging, der Erscheinung Anduhs auf dem anderen Flußufer…Ja, dann war es ihr ganz klar. Uya strafte sie alle, weil sie Anduh und Jula nicht zu Tode gejagt hatten.

Müde vom Umherstreifen kehrten die Männer heim, den Zufällen der Nacht schon preisgegeben, während die Sonne noch golden am Himmel stand. Mit der Geschichte Anduhs wurden sie empfangen. Das alte Weib führte sie über den Fluß und zeigte ihnen Anduhs Spur, wie er am anderen Ufer gezögert hatte und umgekehrt war. Siß der Fährtensucher kannte Anduhs Tritte.

»Uya will Anduh«, schrie das alte Weib. Sie stand links von der Biegung des Flusses im Scheine der untergehenden Sonne, eine wild gestikulierende

Gestalt im flackernden Kupfer. Ihre Rufe waren eigenartige Töne, hin und her flatternd an dem Grenzland der Sprache; aber mit folgendem Sinn: »Der Löwe will Jula. Er kommt Nacht für Nacht, um Jula und Anduh zu suchen. Wenn er Jula und Anduh nicht finden kann, wird er zornig und tötet die anderen. Jagt Jula und Anduh, über den er das Todeswort sprach! Jagt Jula und Anduh, sonst werden wir alle sterben!«

Sie wandte sich an das ferne Rohrdickicht, so wie sie sich manches mal an Uya gewendet hatte, als er noch lebte. »Ist es nicht so, mein Herr?« schrie sie. Und wie zur Antwort neigten sich die hohen Schilfgräser im Wehen des Windes.

Weit hallte das Hacken und Schaben vom Siedlungsplatz her in die Dämmerung hinaus. Es waren die Männer, die ihre Eschenholzspeere für die morgige Jagd spitzten. Und in der Nacht, zeitlich, gerade als der Mond aufstieg, kam der Löwe und nahm das Mädchen von Siß dem Fährtensucher.

Am Morgen vor Sonnenaufgang brachen sie auf, Siß der Fährtensucher und der Knabe Wau-hau, der jetzt die Steine schärfte, und Einauge und Bo und Schneckenfresser, die beiden rothaarigen Männer und Katzenfell und Schlange und alle Männer, die von den Söhnen Uyas am Leben geblieben waren.

Sie nahmen ihre Eschenholzspeere, ihre Wurfsteine und ihre Taschen aus Tiertatzen voll Kieselsteine, und folgten der Spur Anduhs durch das Hagedorngestrüpp, wo Yaaa, das Nashorn, und dessen Brüder fraßen, und weiter hinauf auf das dürftige Heideland den Buchenwäldern.

In dieser Nacht brannten die Feuer hoch und wild, als der zunehmende Mond unterging, und der Löwe ließ die zusammengekauerten Weiber und Kinder in Frieden.Und am nächsten Tag, als die Sonne noch hoch am Himmel stand, kehrten die Jäger heim – alle bis auf Einaug, der mit zerschlagenem Schädel tot am Fuße des Felsbandes lag.

Als Anduh an diesem Abend zurückkam – er hatte wieder die Pferde beschlichen – fand er die Geier schon an der Arbeit. Und mit sich führten die Jäger Jula, zerschlagen und verwundet, aber lebend. So hatte der seltsame

Befehl des runzeligen, alten Weibes gelautet: Sie müsse lebend gebracht werden – »Sie ist nicht unsere Beute. Sie ist für Uya, den Löwen bestimmt.« Ihre Hände waren mit Riemen gebunden, als wäre sie ein Mann, und sie war müde und ganz erschöpft – das Haar war voll Blut und fiel ihr übers Gesicht.

Sie kamen, Jula in der Mitte, von Zeit zu Zeit lachte Schneckenfresser, dessen Namen sie erfunden hatte, und schlug sie mit seinem Eschenholzspeer. Und jedes Mal, wenn er sie mit dem Speere geschlagen hatte, sah er stolz über seine Schulter zurück, wie einer, der eine tollkühne Tat vollbracht hatte. Auch die anderen blickten von Zeit zu Zeit über ihre Schultern zurück und alle hatten es eilig, bis auf Jula. Als das alte Weib sie kommen sah, schrie sie laut auf vor Freude.

Sie ließen Jula trotz der starken Strömung den Fluss mit gebundenen Händen übersetzen; und als sie ausglitt, kreischte das alte Weib zuerst vor Freude und dann aus Angst, dass sie ertrinken könnte.

Und als sie Jula ans Ufer gezerrt hatten, konnte sie eine Zeitlang nicht stehen, obwohl die Leute sie schrecklich schlugen. So ließ man sie denn sitzen; ihre Füße berührten das Wasser, ihre Augen starrten vor sich hin und ihre Miene war gefasst, was immer sie mit ihr tun oder ihr sagen mochten.

Alle Leute des Stammes kamen zum Siedlungsplatz, sogar der kleine Lockenkopf Haha, der damals kaum torkeln konnte, und standen herum und starrten Jula und das alte Weib an, so wie wir heute ein verwundetes Tier anstarren würden und den Mann, der es erjagt hat. Das alte Weib riss Uyas Halskette herunter, die um Julas Hals hing und band sie sich selbst um, denn sie war die erste Frau gewesen, die sie getragen hatte. Dann riss sie Jula an den Haaren und nahm den Speer von Siß und schlug sie mit aller Kraft.

Und als sie die Wut ihres Herzens an dem Mädchen gekühlt hatte, sah sie ihr von ganz nahe ins Gesicht. Julas Augen waren geschlossen, ihre Züge waren ruhig und sie lag so still, und das alte Weib fürchtete einen Augenblick lang, dass sie tot wäre. Da zitterten ihre Nasenlöcher. Daraufhin schlug ihr das alte

Weib ins Gesicht und lachte, gab Siß den Speer zurück, ging ein Stückchen weg von ihr und begann in ihrer Art, auf sie loszureden und zu spotten.

Das alte Weib hatte mehr Worte als sonst irgendeiner im Stamm und es war fürchterlich, ihr Gestammel anzuhören. Manchmal schrie und jammerte sie unzusammenhängend, und manchmal waren ihre gurgelnden Schreie nur mehr Gedankengespenster.

Aber trotzdem brachte sie Jula vieles von den Dingen bei, die jetzt kommen sollten, vom Löwen und von den Qualen, die er ihr antun würde. »Und Anduh! Ha, ha! Anduh ist erschlagen?«

Plötzlich öffnete Jula die Augen; setzte sich wieder auf und ihr Blick begegnete dem des alten Weibes, gerade und offen. »Nein,« sagte sie langsam, wie eine, die versucht, sich zu entsinnen, »ich habe meinen Anduh nicht erschlagen gesehen.«

»Erzählt es ihr«, schrie das alte Weib. – du, der du ihn getötet hast. Erzählt ihr, wie Anduh erschlagen wurde.« Sie sah finster umher, und all die Frauen und Kinder da sahen umher von einem Mann zum anderen. Aber niemand antwortete ihr. Sie standen da, beschämt und blöde.

»Los, erzählt es ihr«, sagte das alte Weib. Die Männer sahen sich an. Julas Antlitz leuchtete plötzlich auf. »Erzählt es ihr«, sagte sie. »Erzählt es ihr, ihr mächtigen Männer! Erzählt ihr von dem Tode Anduhs.« Das alte Weib erhob sich und schlug ihr heftig auf den Mund.

»Wir konnten Anduh nicht finden«, sagte langsam Siß der Fährtensucher. »Wer zweien nachjagt, tötet keinen.«Da hüpfte Julas Herz vor Freude, aber ihr Gesicht blieb ruhig. Es war besser so; denn das alte Weib sah sie scharf an, Hass und Tod in den Augen.

Dann wandte sich das alte Weib keifend den Männern zu, weil sie sich gefürchtet hatten, Anduh weiter zu verfolgen. Sie hatte vor niemandem mehr Angst, jetzt, wo Uya erschlagen war. Sie zankte mit ihnen, wie man Kinder auszankt. Und sie sahen sie mürrisch an und begannen einer den andern zu beschuldigen, bis endlich Siß der Fährtensucher seine Stimme erhob und sie anwies, Ruhe zu geben.

Und so nahmen sie, als die Sonne unterging, Jula und gingen, obwohl ihnen dabei das Herz sank, die Spur entlang, die der alte Löwe in das Schilf getreten hatte. Alle Männer gingen zusammen. An einer Stelle war eine Gruppe von Erlen, und hier banden sie Jula hastig an einen Baum, so dass der Löwe sie leicht finden konnte, wenn er im Zwielicht vorbeikäme.

Und als sie fertig waren, eilten sie zurück bis in die Nähe des Siedlungsplatzes. Dann machten sie Halt. Siß blieb als erster stehen und sah nach den Erlen zurück. Sie waren zufrieden.Alle Frauen und Kinder standen wartend oben auf dem Erdwall, der um den Siedlungsplatz aufgeworfen war.

Und das alte Weib stand da und schrie nach dem Löwen, um sie zu holen, die er suchte, und gab ihm gute Ratschläge für die Qualen, die er ihr antun sollte.Jula war jetzt sehr müde, betäubt von Schlägen und Erschöpfung und Sorge, und nur die Angst vor dem, was noch kommen sollte, hielt sie aufrecht.

Die Sonne hing groß und blutrot zwischen den Stämmen der Kastanien, und der Westen stand im Feuer; der sanfte Abendwind war einer warmen Stille gewichen. Die Luft war erfüllt von Mückenschwärmen, die Fische im nahen Flusse schnellten hie und da übers Wasser empor, hin und wieder summte ein Maikäfer durch die Luft. Jula konnte gerade noch ein Stückchen vom Hügel des Siedlungsplatzes sehen und kleine Gestalten, die dort standen und nach ihr gafften. Und sie konnte, denn es war ein sehr leiser Ton, aber ganz deutlich, das Schlagen des Feuersteines hören. Dunkel und still und ganz nahe lag das rohrumzäunte Dickicht des Lagers.

Plötzlich hörte das Schlagen des Feuersteines auf. Sie sah nach der Sonne und merkte, dass sie untergegangen war; und über ihr und immer heller werdend, stand der zunehmende Mond. Sie sah nach dem Dickicht des Lagers und suchte Gestalten im Schilf, dann begann sie plötzlich sich zu winden und weinte und rief nach Anduh. Aber Anduh war weit fort. Als sie sahen, dass sich ihr Kopf beim Herumarbeiten hin und her bewegte, schrieen und riefen auf dem Hügel alle zusammen, und sie hörte auf und wurde still. Dann kamen die Fledermäuse, und der Stern, der Anduh glich, kroch hervor aus seinem blauen Versteck im Westen. Sie rief ihm zu, aber ganz leise, aus Angst vor dem Löwen. Und all die Zeit, während die Dämmerung heraufkam, war es im Dickicht ganz still.

So kroch die Finsternis über Jula herauf und der Mond wurde hell, und die Schatten der Dinge, die mit dem Abend über den Hügel geflohen und verschwunden waren, kehrten kurz und schwarz wieder zu den Dingen zurück.

Die dunkeln Gestalten im Rohrdickicht sammelten sich, und zwischen den Erlen, wo der Löwe lag, und langsam begann es dort, sich zu regen und zu bewegen. Aber es kam nichts hervor, all die Zeit während des Anbruchs der Finsternis.

Jula blickte nach dem Siedlungsplatz und sah das Feuer glühendrot rauchen und die Männer und Frauen hin und her gehen. Auf der anderen Seite, jenseits des Flusses, erhob sich ein weißer Nebel. Dann, ganz aus der Ferne, kam das Winseln junger Füchse und das Schreien einer Hyäne.

Es gab lange Pausen schmerzvollen Wartens. Nach einer langen Zelt plätscherte irgendein Tier im Wasser und es klang, als setze es über den Fluss, an der Furt unterhalb des Lagers, aber was für ein Tier es war, konnte sie nicht sehen. Von den Trinkplätzen konnte sie das Spritzen und Lärmen der Elefanten hören, so still war die Nacht.

Die Erde war jetzt nur noch ein farbloses Gemisch; weiße Reflexe standen neben undurchdringlichen Schatten unter dem blauen Himmel. Der silberne Mond war gesprenkelt von dem zarten Gezweige der Kastanienbäume, und über dem dunkeln östlichen Hügel leuchteten immer mehr und mehr Sterne auf.

Die Feuer auf dem Erdwall der Siedlung waren jetzt leuchtendrot, und schwarz gegen den grellen Hintergrund standen wartend die dunklen Gestalten. Sie warteten auf einen Schrei - Er musste bald kommen.

Plötzlich schien die Nacht voll Bewegung zu sein. Jula hielt den Atem an. Es ging etwas vorbei – eins, zwei, drei – leise schleichende Schatten ... Schakale. Dann wieder langes, langes Warten.

Nun plötzlich, scharf sich abhebend gegen all die unbestimmten Geräusche, die sie sich eingebildet hatte, regte es sich im Dickicht, und dann kam eine kräftige Bewegung. Sie hörte es deutlich schnappen. Schwer fiel es auf das krachende Schilfrohr, einmal, zweimal, dreimal – und dann war alles still, bis auf ein regelmäßiges Hin- und Herwälzen. Sie hörte ein leises zitterndes Brummen, und dann war alles wieder still.

Die Stille hielt länger an, wieso wollte sie nie enden? Sie wagte nicht zu atmen; sie biss sich auf die Lippen, um nicht zu schreien. Dann schwänzelte etwas durch das Unterholz. Unwillkürlich schrie sie auf. Den Antwortschrei vom Erdwall hörte sie nicht.

Sofort erwachte das Dickicht wieder in mächtiger Bewegung. Sie sah im Scheine des untergehenden Mondes die hohen Schäfte des Schilfrohres wogen und die Erlen schwanken. Sie machte einen verzweifelten Versuch, sich los zu winden – den letzten Versuch. Aber nichts kam auf sie zu. Ein Dutzend Ungeheuer schien während einiger Minuten auf diesem kleinen Fleck schnell herumzulaufen und dann war wieder Stille. Der Mond verschwand hinter den fernen Kastanienwäldern und die Nacht wurde dunkel.

Dann war da ein sonderbares Geräusch, wie Stöhnen und Schnaufen, das stärker wurde und wieder schwächer. Jetzt wieder Stille und dann dumpfe Geräusche und das Grunzen irgendeines Tieres. Alles war wieder still. Ganz in der Ferne, aus dem Osten, klang das Trompeten eines Elefanten, und aus dem Walde drang ein Knurren und Bellen, das bald verklang.

In der langen Zwischenzeit kam der Mond wieder zwischen den Baumstämmen auf dem Bergrücken hervor: er warf zwei helle und einen dunkeln Streifen über das öde Schilfmoor. Da war ein starkes Rauschen, ein Aufspritzen, und das Schilfrohr wurde auseinander gebogen, weiter und immer weiter. Und endlich teilte es sich und ließ den Weg frei, klaffte von den Wurzeln bis zu den Spitzen auseinander ... Das Ende war gekommen.

Sie blickte hin, um das Ding zu sehen, das gerade aus dem Schilf gekommen war. Einen Augenblick lang schien es zweifellos der große Kopf mit dem riesigen Maul zu sein, den sie zu sehen erwartet hatte. Dann aber schrumpfte es ein und veränderte sich. Es war ein kleines dunkles Ding, das ruhig blieb, aber es war nicht der Löwe. Es wurde still – alles wurde still. Sie guckte angestrengt ins Dunkel. Es war wie irgendein gigantischer Frosch, zwei Glieder und ein schräg gestellter Körper. Der Kopf bewegte sich von einer Seite zur anderen, den Schatten suchend ...

Ein Rauschen, und es bewegte sich plump mit einer Art Hüpfen vorwärts. Und wie es sich bewegte, stöhnte es leise. Das Blut schoss ihr durch die Adern in plötzlicher Freude. »Anduh«, flüsterte sie.

Das Ding machte Halt. »Jula«, antwortete er leise; seine Stimme zitterte vor Schmerz und seine Augen starrten suchend in das Erlengehölz.

Er bewegte sich wieder vorwärts und kam aus dem Schatten des Schilfrohres hervor in das Mondlicht. Sein ganzer Körper war bedeckt mit Schmutz und Schlamm. Sie sah, dass er seine Beine nachschleppte und dass er seine Axt fest mit einer Hand umklammert hielt. Im nächsten Augenblick arbeitete er sich mühsam auf alle vier empor und wankte zu ihr hinüber.

»Der Löwe«, sagte er, und seine Stimme klang seltsam gemischt von Frohlocken und Angst. »Ich habe einen Löwen erschlagen. Mit meinen eigenen Händen. Ebenso wie ich den großen Bären erschlug.« Er erhob sich zur Bekräftigung seiner Worte und brach plötzlich mit einem schwachen Schrei zusammen. Eine Weile lang rührte er sich nicht.

»Mach' mich los«, flüsterte Jula ...

Er antwortete ihr mit keinem Wort, aber er zog sich an dem Stamme der Erle aus seiner kauernden Stellung empor und hackte mit dem scharfen Ende seiner Axt an ihren Banden. Sie hörte ihn bei jedem Schlage stöhnen. Er zerschnitt ihr die Riemen um Brust und Arme und dann fiel seine Hand herab. Seine Brust schlug gegen ihre Schulter, er glitt neben ihr nieder und blieb still liegen.

Nun blieb ihr nicht mehr viel zu tun; sie machte sich sehr schnell los, trat einen Schritt zurück vom Baum, da drehte es sich ihr im Kopf herum. Ihre letzte Bewegung bei klarem Bewusstsein war auf ihn zu. Sie taumelte und sank nieder. Ihre Hand fiel auf seinen Schenkel. Er war weich und nass und gab nach unter dem Druck ihrer Hand; er schrie auf bei der Berührung und krümmte sich, dann lag er wieder still.

Jetzt schlich eine dunkle hundeähnliche Gestalt ganz leise durch das Schilf. Sie blieb plötzlich stehen, stand still, schnuppernd und zögernd, kehrte endlich um und zog sich in den Schatten zurück.

Lange Zeit blieben sie so regungslos und das Licht des untergehenden Mondes fiel auf ihre Glieder. Ganz langsam – so langsam, wie der Mond hinabglitt, floss der Schatten des Schilfes gegen den Wall zu, über sie hin. Jetzt waren ihre Beine schon im Dunkel und Anduh nur noch eine Silberbüste. Der Schatten kroch zu seinem Hals hinauf, kroch über sein Gesicht, und so verschlang sie endlich die Dunkelheit der Nacht.

In dem Schatten begann es sich überall zu regen. Es war ein Trappeln von Füßen und ein schwaches Knurren, der Klang eines Schlages.

In dieser Nacht gab's für die Frauen und Kinder in der Siedlung wenig Schlaf, ehe sie Julas Aufschrei hörten. Die Männer waren müde und schlummerten sitzend. Als Jula aufschrie, fühlten sie sich gerettet und liefen, um einen Platz möglichst nahe am Feuer zu erwischen. Das alte Weib lachte bei dem Schrei laut auf und lachte nochmals, weil Si, die kleine Freundin Julas, zu weinen begann.

Als die Dämmerung kam, waren alle sofort munter und sahen nach den Erlen. Ihr Platz war leer und sie konnten sehen, dass Jula geholt worden war. Sie freuten sich, dass Uya nun besänftigt wäre.

Aber der Gedanke an Anduh fiel den Männern wie ein Schatten in den Sinn. Sie konnten das Gefühl der Rache verstehen, denn die Rache war alt in der Welt, aber sie dachten nicht an Rettung.

Plötzlich floh eine Hyäne aus dem Dickicht und jagte durch das Schilf. Schnauze und Pfoten waren dunkel gefleckt. Bei diesem Anblick schrien alle Männer auf und griffen nach ihren Wurfsteinen und rannten auf sie los; denn unter allen Tieren gibt es keinen so jämmerlichen Feigling, wie eine Hyäne bei Tag.

Alle Männer hassten die Hyänen, weil sie die Kinder raubten und einen bissen, wenn man am Rande der Siedlung schlief. Und Katzenfell, der schnell und sicher warf, traf das Tier böse an der Flanke, worüber alle Leute des Stammes vor Entzücken johlten.

Auf diesen Lärm hin ließen sich von dem Lager des Löwen her Flügelschläge hören und drei weißköpfige Geier stiegen langsam auf, kreisten, und kamen endlich wieder im Gezweige der Erlen, die das Lager überschauten, zur Ruhe.

»Unser Herr ist aus dem Haus«, sagte das alte Weib, dorthin weisend. »Die Geier haben ihren Anteil an Jula.« Eine Zeitlang blieben sie dort und dann ließen sie sich, einer nach dem anderen, wieder ins Dickicht hinab.

Dann ergoss sich über die östlichen Wälder das Licht der aufgehenden Sonne. Bei ihrem Anblick schrien die Kinder alle zusammen laut auf, schlugen in die Hände und begannen davon zu jagen, hinunter zum Wasser. Nur Klein-Si blieb zurück und blickte traurig-verwundert nach den Erlen, wo sie vergangene Nacht Julas Kopf gesehen hatte.

Aber Uya, der alte Löwe, war nicht aus dem Hause, sondern daheim; er lag ganz still und ein wenig auf der Seite. Er war nicht in seinem Lager, sondern lag ein Stückchen weit weg, auf einem niedergetrampelten Grasfleck. Unter dem einen Auge war eine kleine Wunde; der kleine, schwache Biss der ersten Axt.

Aber der ganze Boden unter seiner Brust war rötlich-braun gefärbt und ein heller Streifen zog sich quer über den Erdboden hin: in seiner Brust war ein kleines Loch, das Anduhs Speer gemacht hatte.

Längs der einen Seite und am Hals hatten die Geier ihre Ansprüche bezeichnet. Denn so hatte ihn Anduh getötet, als er unter seinen Tatzen hingestreckt lag und aufs Geratewohl gegen seine Brust loshämmerte. Er hatte den Speer mit seiner ganzen Kraft hineingetrieben und dem Riesen ins Herz gestoßen. So endete die Herrschaft des Löwen, der zweiten Inkarnation Uyas des Herrn.

Von dem Hügel scholl das wachsende Lärmen der Vorbereitungen, das Hämmern der Speere und Wurfsteine. Keiner nannte den Namen Anduhs, aus Angst, dass dies ihn wiederbringen könnte. Die Männer wollten eng beieinander bleiben, für einen Tag oder länger, während sie jagten. Und ihre Jagd sollte Anduh gelten, damit der nicht käme, um sie zu jagen.

Aber Anduh lag ganz still und ruhig außerhalb des Löwenlagers, und Jula kauerte neben ihm, den Eschenholzspeer – ganz befleckt vom Löwenblut – mit der Hand umklammernd.

Anduh lag still, den Rücken gegen eine Erle gelehnt, und sein Schenkel war eine rote Masse, schrecklich anzusehen. Jeder zivilisierte Mensch wäre an solch schweren Wunden zugrunde gegangen; aber Jula brachte ihm Dornen, um die Wunden zu schließen, und kauerte Tag und Nacht an seiner Seite, verscheuchte ihm tagsüber die Fliegen mit einem Fächer aus Schilfgräsern und verjagte in der Nacht die Hyänen mit der Axt – der ersten Axt – in der Hand. Und nach kurzer Zeit begann er zu genesen.

Es war Hochsommer und es gab keinen Regen. Während der ersten zwei Tage, als seine Wunden noch offen waren, hatten sie wenig zu essen. An diesem tief gelegenen Platz, wo sie sich versteckt hielten, gab es keine Wurzeln, keine kleinen Tiere, und der Fluss mit seinen Fischen und Wasserschnecken lag etwa hundert Meter weit weg auf freier Ebene.

Bei Tag wagte sie sich nicht hinaus, aus Angst vor den Leuten des Stammes, ihren Brüdern und Schwestern, und bei Nacht nicht, aus Angst vor den Tieren; sowohl um seinet- wie um ihretwillen. So teilten sie den Löwen mit den Geiern. Aber es gab in der Nähe ein kleines Wasserrinnsal, und da brachte ihm Jula Wasser, soviel sie in ihren Händen tragen konnte.

Der Platz, an dem Anduh lag, war versteckt und gegen den Stamm zu durch Erlengestrüpp gut geschützt, ganz eingezäunt von Binsen und hohem Schilf. Der Löwe, den er erschlagen hatte, lag nun tot unweit vom alten Lager auf einem Flecken niedergetretenen Schilfes, fünfzig Ellen weit weg, so dass man ihn durch das Schilfrohr sehen konnte, und die Geier stritten sich um die besten Stücke und hielten die Schakale von ihm ab.

Sehr bald hing eine Wolke von Fliegen, die wie Bienen aussahen, über ihm, und Anduh konnte ihr Summen hören. Und als Anduhs Wunden eben zu heilen begannen – bis dahin waren nur wenige Tage verstrichen – da waren nur noch einige Knochen von dem Löwen übrig, die weiß schimmernd und verstreut umherlagen.

Anduh saß tagsüber meistens ganz still, starrte vor sich hin und murmelte nur manchmal etwas von Pferden und Bären und Löwen, und manchmal schlug er mit der ersten Axt auf den Boden und nannte die Namen der Leute des Stammes, denn es schien, als fürchte er gar nicht, sie dadurch herbeizuführen, und so ging es oft stundenlang. Aber größtenteils schlief er, und wegen des großen Blutverlustes und des Mangels an Nahrung träumte er wenig.

Während der kurzen Sommernächte blieben sie beide wach. Die ganze Zeit über, solange die Finsternis dauerte, bewegten sich allerhand Dinge um sie, Dinge, die sie am Tag nie gesehen hatten. Ein paar Nächte lang kamen die

Hyänen nicht und dann, in einer mondlosen Nacht kamen etwa ein Dutzend und kämpften um die Reste des Löwen. Die Nacht war von ihrem Lärmen und Heulen erfüllt und Anduh und Jula konnten hören, wie die Knochen zwischen ihren Zähnen krachten, denn sie wussten genau, dass keine Hyäne ein lebendes und wachendes Geschöpf anzugreifen wagt, und so hatten sie keine große Angst.

Später ging Jula bei Tag den engen Pfad, den der Löwe im Schilf getreten hatte, bis sie jenseits der Biegung war, und dann kroch sie ins Dickicht und beobachtete die Leute des Stammes. Sie lag dicht bei den Erlen, an die sie als Opfer für den Löwen angebunden worden war, und von dort aus konnte sie sehen, wie sie auf dem Erdwall beim Feuer saßen, klein, doch deutlich erkennbar, so wie sie sie in jener Nacht gesehen hatte.

Aber sie erzählte Anduh nur wenig von dem, was sie sah, weil sie fürchtete, sie könnte die Leute durch die Nennung ihrer Namen herbeirufen. Denn das glaubten sie damals, dass man Menschen durch ihre Namensnennung herbeirufen könnte.

Sie sah, wie die Männer Speere und Wurfsteine vorbereiteten, am Morgen, nachdem Anduh den Löwen erschlagen hatte, und wie sie auszogen, um ihn zu erjagen; die Frauen und Kinder ließen sie beim Erdwall zurück.

Sie wussten wohl nicht, wie nahe er war, als sie so dahinzogen, einer hinter dem andern, den Hügeln zu, Siß der Fährtensucher an der Spitze. Und sie beobachtete die Frauen und Kinder, wie sie, nachdem die Männer fortgegangen waren, Farnkräuter und Zweige für das Nachtfeuer sammelten und wie die Jungen und Mädchen hin- und herrannten und miteinander spielten.

Vor der sehr alten Frau hatte sie alle Angst. Gegen Mittag kam sie, als die meisten von ihnen unten an der Biegung des Flusses waren, und stand diesseits des Erdwalls – eine knorrig-braune Gestalt – und gestikulierte so heftig, dass Jula glauben musste, sie hätte sie gesehen.

Jula lag wie ein Hase in seinem Lager, die glühenden Augen starr auf die niedergebeugte Hexe dort drüben gerichtet, und dann erst begann sie langsam zu verstehen, dass es der Löwe sei, den das alte Weib anbetete – der Löwe, den Anduh erschlagen hatte.

Und am nächsten Tage kamen die Jäger müde zurück, sie brachten ein Rehkalb, und Jula sah dem Festmahl voll Neid und Hunger zu.

Und dann geschah etwas Merkwürdiges. Sie sah – sie hörte es deutlich – wie das alte Weib schrie und gestikulierte und auf sie hinwies. Sie erschrak und kroch wieder zurück wie eine Schnecke in ihr Haus. Bald aber überfiel sie die Neugier und schon war sie wieder an ihrem Auslug, und als sie hinüberspähte, stand ihr das Herz vor Schreck still; denn da standen alle Männer, die Waffen in den Händen, und schritten vom Erdwall gemeinsam auf sie zu.

Sie wagte nicht, sich zu rühren, damit man nicht etwa ihre Bewegung sehen könne, und drückte sich eng an den Boden. Die Sonne stand tief, und das goldene Licht fiel auf die Gesichter der Männer. Sie sah, dass sie auf einem Eschenstab ein großes Stück rotes Fleisch trugen.

Plötzlich blieben sie stehen. »Vorwärts!« schrie die alte Frau. Katzenfell brummte, und sie kamen näher, das Dickicht mit sonnengeblendeten Augen durchsuchend. »Hier!« rief Siß. Und sie nahmen den Eschenstab mit dem Fleische darauf und stießen ihn in die Erde.

»Uya!« schrie Siß, »hier ist dein Teil! Heute haben wir Anduh erschlagen und morgen werden wir dir seinen Leichnam bringen.« Und die anderen wiederholten die Worte. Sie sahen sich an, blickten ängstlich zurück, dann wandten sie sich ängstlich um und begannen, zurückzugehen. Zuerst schritten sie dem Dickicht halb zugewendet dahin, dann, als der Erdhügel ihrer Verschanzung in Sicht kam, gingen sie schneller und blickten über die Schultern zurück, dann schneller und immer schneller; bald rannten sie, zuletzt war es ein Wettlauf, bis sie zum Erdwall kamen. Dann verlangsamte Siß, der der letzte war, zuerst seine Schritte.

Die Sonne ging unter und das Zwielicht kam. Die Feuer leuchteten rot gegen das neblige Blau der fernen Kastanienbäume, und jenseits des Erdwalles klangen fröhliche Stimmen.

Jula lag da und rührte sich kaum; sie blickte vom Erdwall zu dem Stück Fleisch und wieder zurück zum Wall. Zuletzt kroch sie zu Anduh zurück.

Er sah sich bei dem schwachen Geräusch ihrer Schritte um. Sein Gesicht war im Schatten. »Hast du mir etwas zum Essen gebracht?« fragte er.

Sie sagte, dass sie nichts hatte finden können, dass sie aber weiter suchen wolle, und dann ging sie zurück, den Löwenpfad hinunter, bis sie den Erdwall wieder sehen konnte; aber sie vermochte es nicht über sich zu bringen, das Fleisch zu nehmen; sie hatte die instinktive Empfindung des Tieres, das die Falle wittert. Dabei war sie sehr unglücklich.

Endlich kroch sie zu Anduh zurück und hörte, wie er sich herumwarf und stöhnte. Wieder wandte sie sich dem Erdwall zu; da sah sie, wie sich in der Nähe des Pfostens etwas im Dunkeln regte, und als sie aufmerksam hinstarrte, erkannte sie einen Schakal.

Im Augenblick war sie tapfer und zornig zugleich; sie sprang auf, schrie laut und stürzte sich auf die Opfergabe zu. Sie strauchelte und fiel und hörte das Brummen des Schakals, der sich entfernte.

Als sie sich erhob, lag nur der Eschenstab am Boden, das Fleisch war fort. Da ging sie zurück, um mit Anduh die Nacht durchzufasten; und Anduh war böse auf sie, weil sie ihm nichts zu essen gebracht hatte. Aber sie erzählte ihm nichts von alldem, was sie gesehen hatte.

Zwei Tage vergingen, und sie waren nahe am Verhungern. Da erschlugen die Leute des Stammes ein Pferd. Dann kam die gleiche Zeremonie und es wurde ein Schenkel bei dem Eschenstab zurückgelassen; diesmal aber zauderte Jula nicht.

Durch Zeichen und Worte versuchte sie, Anduh alles zu erklären; aber er hatte bereits den größten Teil verspeist, ehe er zu begreifen anfing, und dann, als er den Sinn dessen verstand, was sie erzählte, wurde er sehr vergnügt und freute sich über das Essen.

»Ich bin Uya«, sagte er. »Ich bin der Löwe. Ich bin der große Höhlenbär, ich, der ich nur Anduh gewesen bin. Ich bin Wau der Schlaue. Es ist nur richtig, dass sie mich füttern, denn demnächst werde ich sie alle töten.«

Da wurde es Jula leicht ums Herz, und sie lachte mit ihm; und dann aß sie voll Freude alles, was er von dem Pferdefleisch übriggelassen hatte.

Danach geschah es, dass er einen Traum hatte, und am nächsten Tag ließ er sich von Jula die Zähne und Klauen des Löwen bringen – soviel sie eben davon noch finden konnte – und von einer Erle eine Keule abhacken. Und er befestigte sehr schlau die Zähne und Klauen im Holz, so dass die Spitzen nach außen standen. Er brauchte sehr lange dazu; zwei Zähne wurden ihm stumpf beim Hineinschlagen, da wurde er zornig und warf das Ding fort.

Aber später schleppte er sich wieder bis zu der Stelle, wohin er es geworfen hatte, und machte es fertig – es war eine neue Art von Keule, mit Zähnen besetzt. An diesem Tage gab es wieder Fleisch für sie beide, abermals eine Opfergabe des Stammes für den Löwen.

Eines Tages, es waren schon mehr Tage verstrichen als Finger an einer Hand sind, viel mehr Tage, als irgendjemand zählen konnte Nachdem Anduh die Keule gemacht hatte, lag Jula, während er schlief, im Dickicht und beobachtete die Siedlung.

Seit drei Tagen hatte es kein Fleisch mehr gegeben. Und das alte Weib kam und verrichtete ihre Andacht in ihrer Art. Während sie dies tat, kam Julas kleine Freundin Si mit einer anderen, dem Kind des ersten Mädchens, das Siß lieb gehabt hatte.

Sie kamen über den Erdwall, blieben stehen, um die dürre Gestalt zu betrachten, und fingen gleich an, sich über sie lustig zu machen. Jula fand das spaßig, aber plötzlich drehte sich das alte Weib schnell um und sah die beiden.

Einen Augenblick lang standen sie und die Kinder regungslos still, dann aber stürzte sie sich mit einem Wutschrei auf sie und alle drei verschwanden hinter dem Wall.

Nach einer Weile tauchten die Kinder wieder hinter der Biegung des Walles zwischen den Farnkräutern auf. Klein-Si rannte voran, denn sie war ein flinkes Mädchen, und das andere Kind rannte quietschend hinterdrein; das alte Weib war ihm dicht auf den Fersen. Und über dem Wall erschien Siß, einen Knochen in der Hand, und Bo und Katzenfell neugierig hinter ihm, beide ein Stück vom Mahle in den Händen, und sie lachten und schrien laut, als sie das alte Weib so zornig sahen.

Mit einem Schrei wurde das Kind gefangen und das alte Weib machte sich daran, auf dieses loszuschlagen, bis das Kind heulte, und das Ganze war ein herrlicher Nachmittagsspaß für alle. Klein-Si lief noch ein Stückchen weiter und blieb endlich stehen, zwischen Angst und Neugier kämpfend.

Und plötzlich erschien die Mutter des Kindes mit flatternden Haaren, schnaufend und bebend, einen Stein in der Hand. Das alte Weib fuhr herum wie eine wilde Katze. Sie konnte es mit jeder Frau aufnehmen, sie war die oberste Feuerhüterin, trotz ihrer Jahre; doch ehe sie noch etwas tun konnte, rief Siß ihr zu, und es erhob sich ein allgemeines Geschrei.

Immer mehr Zottelköpfe tauchten auf. Es schien, als wäre der ganze Stamm beim Schmaus zu Hause. Das alte Weib aber wagte es nicht, ihren Zorn weiter an dem Kinde auszulassen, weil Siß sein Freund war.

Alle schrien und schimpften – sogar Klein-Si. Plötzlich ließ das alte Weib das Kind, das sie gefangen hatte, los und lief schnell auf Si zu, denn Si hatte keine Freunde. Und Si, die das Unheil erst merkte, als es sie schon nahezu erreicht hatte, stieß einen schwachen Schreckensschrei aus und rannte, ohne zu achten wohin, Hals über Kopf davon, geradewegs auf das Lager des Löwen zu. Als sie plötzlich merkte, wohin sie lief, wandte sie sich seitwärts ins Schilf.

Aber das alte Weib war ebenso behend wie boshaft, und sie erwischte Si bei ihren flatternden Haaren, dreißig Ellen weit von Jula entfernt. Der ganze Stamm lief jetzt den Wall hinunter; sie schrien und lachten und wollten bei dem Spaß dabei sein.

Da empörte sich etwas in Jula; etwas, das sich niemals vorher empört hatte; und an nichts anderes denkend als an Klein-Si, sprang sie, ihre Furcht vergessend, hervor aus ihrem Hinterhalt und rannte schnell vorwärts. Das alte Weib sah sie nicht, denn sie war emsig damit beschäftigt, Klein-Sis Gesicht mit den Fäusten zu bearbeiten. Sie schlug mit aller Kraft, und plötzlich traf etwas Hartes, Schweres ihre Wange.

Sie taumelte zurück und erblickte Jula, die mit flammenden Augen und brennenden Wangen zwischen sich und Si stand. Sie schrie auf vor Überraschung und Schreck und Klein-Si rannte verständnislos auf die gaffenden Leute ihres Stammes zu. Sie waren jetzt ganz nahe, denn Julas Anblick hatte die verblassende Furcht vor dem Löwen aus ihren Köpfen verjagt.

Im Augenblick hatte sich Jula von dem kauernden alten Weibe abgewendet und überholte Si. »Si!« rief sie, »Si!« Sie hob das Kind in ihre Arme, als es stehen blieb, presste das von den Nägeln zerkratzte Gesichtchen an das ihre und wandte sich, um ins Lager zurückzulaufen – ins Lager des alten Löwen.

Das alte Weib stand bis an die Hüften im Schilf und brüllte schmutziges Zeug in unartikulierten Wutschreien, wagte es aber nicht, ihr den Weg zu versperren; und bei der Biegung des Pfades blickte Jula zurück und sah, wie alle Männer des Stammes auf einander losschrien, und wie Siß im Trab daher rannte, auf der Spur des Löwen.

Sie lief geradewegs den schmalen Pfad durch das Schilf, auf den schattigen Platz zu, wo Anduh mit seinem heilenden Schenkel saß, der eben gerade aufgeweckt wurde durch das Geschrei – und rieb sich die Augen. Sie langte bei ihm an, und sie hatte Klein-Si in den Armen. Das Herz pochte ihr im Halse. »Anduh!« schrie sie, »Anduh, der Stamm kommt!«

Anduh saß da und starrte sie und Klein-Si voll Erstaunen verständnislos an.

Sie hielt Klein-Si fest in ihren Armen und zeigte und deutete mit der Hand, denn mit ihrem kleinen Wortschatz konnte sie sich nicht verständlich machen. Sie konnte die Männer rufen hören. Anscheinend hatten sie draußen Halt gemacht.

Sie setzte Si auf die Erde, packte die Keule mit den Löwenzähnen und gab sie Anduh in die Hand, stürzte sich dann auf die erste Axt, die drei Meter weiter aus dem Boden lag, und hob sie auf.

»Ah!« sagte Anduh und schwang die neue Keule, und plötzlich ergriff er die Gelegenheit, er rollte er sich herum und fing an, sich auf die Füße zu arbeiten.

Er stand unsicher. Er stützte sich mit einer Hand an einem Baum und berührte den Boden mit dem verwundeten Bein nur behutsam. Mit der anderen Hand hielt er die neue Keule fest.

Er sah nach seinem heilenden Schenkel – da begann es plötzlich im Schilf zu flüstern, hörte wieder auf und begann von neuem, und vorsichtig längs der Fährte herankommend, gebückt, den feuergehärteten Eschenspeer fest in der Hand, erschien Siß. Er blieb wie vom Schlage gerührt stehen und sein Blick begegnete dem Anduhs.

Anduh vergaß, dass er ein verwundetes Bein hatte. Er stand fest auf beiden Beinen. Er fühlte ein leises Tröpfeln. Als er flüchtig hinuntersah, bemerkte er, dass ein paar kleine Blutströpfchen langsam am Rande der verheilenden Wunde durchsickerten. Er rieb seine Hand dort ein, um einen festen Griff an der Keule zu haben, und fasste Siß scharf ins Auge.

»Wau!« schrie er und sprang vor, und Siß, der noch wartete vorgebeugt – stieß seinen Speer mit einem boshaften Ruck schnell vor. Er riss den Arm auf, den Anduh zum Schutze vorhielt, die Keule aber sauste nieder – niemals vermochte Siß den Zusammenhang zu verstehen. Er fiel, wie ein Ochse fällt, von einer Streitaxt getroffen, zu Anduhs Füßen.

Für Bo aber war dies das Merkwürdigste, was ihm je geschah. Er hatte das beruhigende Gefühl, zu beiden Seiten von hohem Schilf gedeckt zu sein und eine unüberwindliche Schanze, Siß, zwischen sich und jeder Gefahr zu haben.

Schneckenfresser war dicht hinter ihm, und so war auch dort keine Gefahr. Er war bereit, sich jederzeit zurückzuziehen, und schickte Siß aus, sich den Tod oder den Sieg zu holen. Das war sein Platz als Zweiter. Er sah, wie das Ende des Speeres, den Siß trug, davonflog, und plötzlich mit einem dumpfen Schlag fiel sein breiter Rücken vornüber und er sah Anduh, über seinen gefallenen Führer weg, ins Gesicht.

Bo hatte das Gefühl, selbst ins Herz getroffen worden zu sein. In der einen Hand hielt er einen Wurfstein, in der anderen einen Eschenstab. Das Ende dieses Augenblicks der Unschlüssigkeit, welche der beiden Waffen er zuerst gebrauchen solle, erlebte er nicht mehr.

Schneckenfresser war ein entschlossenerer Mann; auch fiel Bo nicht nach vorn wie Siß, sondern knickte ein in Knie und Hüften und brach langsam zusammen, die gezähnte Keule auf dem Kopfe. Schneckenfresser stieß seinen Speer geradeaus vor, schnell und sicher, traf Anduh in die Schulter und dann drang er hart auf ihn ein, den Wurfstein in der anderen Hand, und schrie dabei laut auf.

Die neue Keule strich leer durch das Schilf. Jula sah, wie Anduh von dem engen Pfad auf den freien Platz zurückgetaumelt kam, wobei er über Siß stolperte; ein Stück des Eschenspeeres ragte oberhalb des Armes aus ihm heraus.

Und dann tat sie, dessen Namen sie erfunden hatte, als sein frohlockendes Gesicht hinter seinem Speer aus dem Schilf herauskam, den letzten Schimpf an. Denn sie schwang die erste Axt schnell und hoch und traf ihn voll und gut auf die Schläfe; und nieder fiel er auf Siß, zu Füßen des gestürzten Anduh.

Aber bevor sich Anduh erheben konnte, stürzten die beiden Männer aus dem Schilfe hervor, Speere und Wurfstein bereithaltend, und Schlange stand hart hinter ihnen.

Einen traf sie im Nacken, aber nicht stark genug, um ihn niederzuwerfen; er taumelte beiseite und verdarb den Schlag, den sein Bruder gegen Anduhs Kopf führte. Im Augenblick ließ Anduh seine Keule fallen, fasste seinen Gegner um die Mitte und, schwer, auf gespreizten Beinen, schleuderte er ihn hin. Blitzschnell griff er wieder nach seiner Keule und hob sie auf.

Der Mann, von Julas Axt getroffen, hatte nach ihr mit dem Speer gestochen, als er unter ihrem Hieb taumelte; unwillkürlich ging sie zurück, um ihm auszuweichen. Er schwankte, halb abgewendet, zwischen ihr und Anduh, stieß einen schwachen Schrei aus, als er sah, wie nahe Anduh war, und im Nu fasste ihn nun dieser an der Kehle und die Keule hatte ihr drittes Opfer.

Als er hinfiel, schrie Anduh laut – nicht Worte waren es, sondern ein Schrei des Frohlockens. Der andere Mann lag sechs Fuß weiter weg, den Rücken Jula zugekehrt, und über seinen Kopf lief ein dunkler, roter Streifen. Er arbeitete sich auf die Beine.

Sie fühlte ein tolles Verlangen, ihn daran zu hindern. Sie warf die Axt nach ihm, verfehlte ihn, sah sein Gesicht im Profil, und schon hatte er sich hinter Klein-Si geduckt und rannte durch das Schilf. Sie sah noch, wie im Traume, Schlange am Eingang des Pfades stehen, halbabgewendet von ihr, und dann sah sie seinen Rücken.

Sie sah die Keule durch die Luft wirbeln, sah Anduhs Zottelkopf, mit Blut im Haar und Blut auf den Schultern, und sah, wie er, seinen Gegner verfolgend, unten im Schilfe verschwand. Dann hörte sie Schlange aufschreien wie ein Weib.

Sie rannte an Si vorbei auf einen Haufen Farnkräuter zu, aus dem der Griff der Axt hervorragte, und sich umwendend fand sie, dass sie atemlos und allein dastand, drei reglose Körper zu ihren Füßen. Die Luft war erfüllt von Rufen und Schreien.

Einen Augenblick lang fühlte sie sich schwach und schwindlig; dann schoss es ihr plötzlich durch den Kopf, dass Anduh dort am Weg erschlagen worden war, und mit einem wilden Schrei sprang sie über Bos Leichnam und eilte ihm nach.

Quer über den Weg lagen die Beine von Schlange, sein Kopf war im Schilf. Sie folgte dem Pfade, bis zur Biegung, wo er bei den Erlen ins Freie ging, von hier aus sah sie alles, was vom Stamme noch übriggeblieben war, auf dem freien Platz verstreut; sie trieben wie welkes Laub im Winde und zogen sich über den Erdwall zurück. Anduh war dicht hinter Katzenfell.

Aber Katzenfell hatte flinke Beine und entkam, ebenso der junge Wau-Hau, als Anduh sich gegen diesen wandte; und Anduh verfolgte Wau-Hau weit über den Wall hinaus, ehe er von ihm abließ. Die Kampfeswut war über ihn gekommen, und die Stange, die ihm in der Schulter steckte, stach ihn wie ein Sporn.

Als Jula sah, dass er nicht mehr in Gefahr war, hielt sie inne und stand keuchend still. Sie beobachtete die fernen, sich bewegenden Gestalten, wie sie hinaufliefen und einer nach dem andern hinter dem Wall verschwanden.

In kurzer Zeit war sie wieder allein. Alles war sehr schnell vor sich gegangen. Der Rauch von Bruder Feuer stieg steil und gerade von der Siedlung auf, genauso wie zehn Minuten vorher, als das alte Weib dort gestanden und den Löwen angebetet hatte.

Erst nach einer langen Weile, wie es ihr schien, kam Anduh wieder über dem Erdwall zum Vorschein und kehrte zu Jula zurück, triumphierend und schwer atmend. Das Haar fiel ihr ins Gesicht und sie stand da mit brennenden Wangen, die blutige Axt in der Hand, an eben der Stelle, wo die Leute des Stammes sie dem Löwen zum Opfer dargebracht hatten.

»Wau!« schrie Anduh, als er sie erblickte; Kampfbruderschaft strahlte von seinem Gesicht, und er schwang seine neue Keule, die jetzt voll Blut und Haaren war; bei dem Anblick seines glühenden Gesichtes ließ ihre angespannte Haltung ein wenig nach, und sie stand da und schluchzte und freute sich zugleich.

Anduh empfand ein merkwürdiges, unerklärliches, beängstigendes Gefühl beim Anblick ihrer Tränen, aber er rief nur umso lauter »Wau!« und schwenkte die Keule nach Ost und nach West.

Er rief ihr gebieterisch zu, ihm zu folgen, und wandte sich mit großen Schritten, die Keule in der Hand schwingend, der Siedlung zu, als hätte er den Stamm niemals verlassen; und sie hörte auf mit ihrem Weinen und folgte ihm schnell, wie es sich für ein Weibe gehört.

So kamen Anduh und Jula zur Siedlung zurück, aus der sie viele Tage vorher vor dem Gesicht Uyas geflohen waren; und bei der Siedlung lag ein halb verzehrtes Wild, genauso wie damals, bevor Anduh zum Mann und Jula zur Frau wurde.

So ließ sich Anduh nieder, um zu essen, und Jula saß an seiner Seite wie ein Mann, und die übrigen Leute des Stammes beobachteten sie aus sicheren Verstecken.

Und nach einer Weile kam eines der älteren Mädchen scheu zurück, Klein-Si in den Armen, und Jula rief sie beim Namen und bot ihnen Speise an. Aber das ältere Mädchen hatte Angst und wollte nicht kommen, obwohl Sie herumarbeitete, um zu Jula zu gelangen.

Später, nachdem Anduh gegessen hatte, nickte er im Sitzen ein, und endlich war er eingeschlafen: da krochen nun die anderen langsam aus ihren Verstecken hervor und kamen näher.

Und als Anduh wieder erwachte, schien es genauso, abgesehen davon, dass kein Mann zu sehen war, als hätte er den Stamm niemals verlassen.

Eines ist merkwürdig, aber doch wahr: dass nämlich Anduh während des ganzen Kampfes vergessen hatte, dass er lahm war, und auch tatsächlich nicht lahm gewesen war; erst nachdem er gerastet hatte, siehe! da war er ein lahmer Mann und blieb es bis an das Ende seiner Tage.

Katzenfell und der zweite rothaarige Mann und Wau-Hau, der geschickt im Schärfen der Steine war, so wie sein Vater es vor ihm gewesen, flohen vor dem Angesichte Anduhs und niemand wusste, wo sie sich verborgen hielten.

Aber zwei Tage später kamen sie und kauerten sich hübsch weit vom Erdwall entfernt unter den Kastanien ins Farnkraut und lugten wartend hervor. Anduhs Zorn war vorbei. Er stand auf, um auf sie loszugehen, tat es aber nicht, und bei Sonnenuntergang gingen sie fort.

An diesem Tage fanden sie auch das alte Weib in den Farnen, wo Anduh zufällig auf sie gestoßen war, als er Wau-Hau verfolgt hatte. Sie war tot und hässlicher als je, aber unversehrt. Die Schakale und Geier hatten von ihr gekostet, sie aber stehen gelassen; – sie war eben immer ein wundervolles altes Weib.

Tags darauf kamen die drei Männer wieder und kauerten diesmal näher und Wau-Hau hatte zwei Kaninchen, die er in die Höhe hob, und der rothaarige Mann eine wilde Taube, und Anduh stand vor den Frauen und verspottete sie.

Und am nächsten Tage kamen sie noch näher, ohne Steine und Stöcke und brachten dieselben Gaben, und Katzenfell hatte eine Forelle. Es kam selten vor in jenen Tagen, dass Menschen Fische fingen, aber Katzenfell konnte stundenlang ganz still im Wasser stehen und sie mit den Händen zu fangen.

Und am vierten Tag duldete Anduh, dass diese drei in Frieden zum Siedlungsplatz kamen, mit dem Essen, das sie mit sich brachten. Anduh aß die Forelle und teilte sie mit Udina.

Hierauf war Anduh viele Monate hindurch Herr und herrschte unumschränkt über den Stamm. Und als seine Zeit erfüllt war, wurde er getötet und verspeist, so wie Uya einst erschlagen worden war.

H.G. Wells - Eine Geschichte aus der Steinzeit

Autorisierte Übersetzung von Clarisse Meitner 1923 - E. P. Tal & Co. Verlag - Leipzig / Wien / Zürich - 1.-3. Tausend

Feuerkinder

Teil 2

Und das passierte vor 7.500 Jahren

Das Magdalénien, in dem die Geschichte „Mira, das Feuerkind" handelt, fällt ungefähr in das Endstadium der Würm-Kaltzeit, in dem ab ca. 12.700 v. Chr., im Meiendorf-Interstadial, das Eisschild abzuschmelzen begann. Die Verbreitungsgrenze der mitteleuropäischen Park-Tundra verschob sich dadurch allmählich nach Norden. Entlang der Donau und in Südfrankreich entstanden die ersten lichten Wälder. Hänge-Birke, Nadelbäume und Haselnusssträucher breiteten sich aus.

Die allmählich einsetzende Bewaldung in Mitteleuropa zwangen Tier und Jäger, der zurückweichenden Tundra nach Norden zu folgen oder sich an das neue Klima anzupassen Die Fauna bestand aus Wildpferden, Rentieren, Hirschen, Rehen, Auerochsen, Wisenten, Höhlenlöwen, Braunbären und Wölfen. Dies führte auch zum vollständigen Verschwinden von Mammut und Wollnashorn und dem Ausweichen der Rentiere immer weiter nach Norden.

Die Welt der Steinzeit kam in Bewegung, die Steinzeitmenschen breiteten sich in Europa aus und unterhielten Kontakte bis an die Küsten: Von der Ostsee wurde Bernstein Richtung Süden gehandelt, von der Adria, den Lessinischen Alpen und aus dem Vinschgau kamen Feuerstein, Kupfer, Salz, Muschelschmuck und andere Waren in den Norden.

Schon bald wurde Europa von einem Netz an Tauschhandelswegen überzogen. Die Alpen waren damals ziemlich dicht besiedelt. Da wurden Kupferbeile und Hightech-Werkzeuge aus Feuerstein und Holz quer über den Kontinent getauscht – Bärenfell und Keule waren damals schon von gestern.

Aber wie hat man all das herausgefunden? Aber wo genau verliefen diese Transitwege über die Alpen? In den dicht bewaldeten und besiedelten Tälern oder oben auf den Höhen? Erst der Fund des Ötztaler Menschen und die Untersuchung der Leiche mit neuen gentechnischen Methoden brachten bis zum heutigen Tag neue, aufregende Erkenntnisse.

Ein paläolithisches Kindergrab

Die Familie ist tief traurig. Sie legen ein Grab an, vorsichtig – liebevoll. Sie graben eine Mulde für das Kind, das sie verloren haben und kleiden diese Mulde dann mit rotem Ocker vollständig aus. In seinem Anorak und den warmen Schuhen aus Hundefell legen sie das Kleine in ihr Grab in die rote Mulde nieder, auf ein Bett aus Daunenfedern.

Das alles ist 7.500 Jahre her, dass dieses Kind in der Region, die wir heute Finnland nennen, betrauert wurde. Das Grab gibt bis heute Zeugnis darüber ab, wie erschüttert die Familie war, die das Kind beisetzen musste. Aber woran konnten die Archäologen das alles eigentlich nach so langer Zeit erkennen?

Weil diese Dinge mit den Toten in der Erde vergingen, konnte man mit den heutigen Ausgrabungsmethoden diese Erkenntnisse erst mit Hilfe moderner Mittel gentechnisch analysieren. So fand man in einem Grab in Majoonsuo im Osten Finnlands bei einer Ausgrabung das Grab eines Kindes aus der Steinzeit.

Auf der Ausgrabungsstätte sah man zuerst nur einen roten Fleck im Lehm. Der saure Boden hatte das organische Material zersetzt, das heute nur noch in Kleinstfragmenten vorhanden war, und alles sich nur durch umfangreiche Analysen rekonstruieren ließ.

Entdeckt wurden nur einige wenige Zähne des Kindes, dessen Alter auf drei bis zehn Jahren eingrenzen ließ. Anhand einer Bodenanalyse stellten die Forschenden fest, dass sich neben den Überresten des Kindes in dem Grab auch Federn von Wasservögeln und eines Falken befanden. Die Archäologen vermuteten daher, dass das Kind in einen Mantel aus Fell und Vogelhaut beigesetzt wurde. Die Falkenfedern waren wahrscheinlich Teile von Pfeilen mit Quarzspitzen.

Im Fußbereich des Kindes fanden die Forscher auch Reste von Säugetierhaaren, sie konnten als Hunde- oder Wolfshaare identifiziert werden. Entweder trug das Kind wahrscheinlich Lederschuhe, oder die Haare stammten von Wölfen oder Hunden, die dem Kind mit ins Grab gelegt wurden. Dieser

Fund erlaubt Einblicke in die Vorstellungs- und Glaubenswelt der damaligen Menschen.

Auch Pflanzenreste konnten im Grab identifiziert werden, es handelt sich um Bast aus Nesseln oder Weiden, aus denen wahrscheinlich ein Netz geflochten worden war, um Fische zu fangen.

Alle Funde sind heute im Nationalmuseum Helsinki aufbewahrt, die Ausgrabung und die anschließenden Analysen wurden unter der Aufsicht der Archäologin Tuija Kirkinen durchgeführt. Der Künstler Tom Bjroklund erstellte nach diesen Grundlagen die Zeichnung der Bestattung des toten Kindes. Weil mich die Zeichnung Björklunds und der Ausgrabungsbericht so anrührte und fasziniert hatte, erfand ich die nachfolgende Geschichte.

Diese Geschichte „Mira - Feuerkind" ist keine archäologisch-korrekte wissenschaftliche Abhandlung, sondern die archäologischen Grundlagen stammen aus der wissenschaftlichen Zeitschrift PlOS, dem Studium und meiner Erinnerung an meinen verstorbenen Mann, der lange Jahre Ur- und Frühgeschichte studiert hatte.

Und ich las fasziniert zahlreiche Fachzeitschriften und Bücher und war bei vielen archäologischen Ausgrabungen und vielen Exkursionen und Museumserrichtungen in Europa immer mit dabei gewesen. Und das prägte mein ganzes zukünftiges Leben und Denken.

Und für mich war der Gedanke an den Tod von Kindern besonders anrührend, und Kinder kommen in der Betrachtung des prähistorischen Lebens viel zu selten vor. Wir können hier durch die Zeiten hinweg sehen, wie eine Familie ihr Kind betrauert und verabschiedet hat. Und das Grab erscheint uns heute noch so intensiv, dass wir Teil davon werden und mit dieser Familie mitfühlen können, die ihr geliebtes Kind verloren hatten – und das sogar noch nach 7500 Jahren. **Literatur:**
https://journals.plos.org/plosone/article?id=10.1371/journal.pone.0274849
https://www.helsinki.fi/en/news/culture/artefacts-made-bird-feathers-plant-fibres-and-fur-buried-child-mesolithic-stone-age.

Ein früher Schnee treibt wirbelnd durch die Schlucht, aber in der Höhle ist es schön warm. Ein Feuer brennt, und die kleine Mira lugt neugierig durch den winzigen Spalt der Zeltwand hinaus. „Ma, sieh mal, da draußen in den Sträuchern bewegt sich etwas, da ist etwas seltsames. Soll ich Pa rufen?"

„Das war ganz bestimmt irgendein Tier, das du da gesehen hast. Wenn du den Fellvorhang so lange offen lässt, wird es kalt. Komm jetzt lieber zurück ans Feuer, ich will dir doch zeigen, wie man eine Felltasche macht.

„Nein, Ma, da draußen ist wirklich jemand, das ist ja eine Frau. Sieh mal, jetzt guckt sie sogar zu uns herüber, denn sie hat gerade unser Feuer bemerkt. Oh, wo ist sie denn geblieben? Wieso ist sie denn jetzt weg?"

Die Frau ist in Deckung gegangen, dann richtet sie sich entschlossen wieder auf und läuft stolpernd auf den Höhleneingang zu, stoppt an der unüberwindbaren

Bergwand, dann lässt sie sich einfach fallen und bleibt liegen, und im Schneetreiben sieht man jetzt nur noch ein Bündel Felle.

„Aber Ma, diese Frau kann doch nicht bei diesem kalten Wetter draußen liegen. Sieh mal, sie bewegt sich kaum noch unter dem Fell. Wo kommt sie denn jetzt mitten im Winter her? Soll ich den Steigbaum herunterlassen und lieber erst mal nachsehen gehen?"

„Nein, frag lieber erst mal Pa und die anderen, denn ohne seine Genehmigung dürfen wir keine Fremden aufnehmen, du weißt ja, wo sie alle sind, da hinten in der Höhle bei der Quelle. Lauf schnell aber pass auf, dass du nicht fällst, denn es ist ziemlich rutschig."

Mira nimmt einen Kienspan, hält ihn kurz ins Feuer, er brennt hell auf, dann rennt sie los und klettert über die glitschigen Steine in der Höhle, sie kennt den Weg zur unterirdischen Quelle ganz genau. „Pa, komm schnell, da draußen ist eine Fremde. Sie ist gefallen, und ich glaube, dass sie Hilfe braucht."

„Was ist los? Was willst du? Kann man nicht einmal in Ruhe etwas tun, ohne dass ihr mich dauernd stört? Ist sie gefährlich, oder warum bist du so aufgeregt?" brummt Pa unwirsch in seinen Bart.

„Sie ist gefallen und liegt da unten, und es ist doch kalt im Schnee, vielleicht braucht sie unsere Hilfe? Und was ist, wenn sie schon tot ist? Was machen wir dann mit ihr?"

„So schnell stirbt es sich nicht, mein Kind. Warte, wir kommen sofort und sehen uns das mal an. Fremde bei diesem Wetter, nicht zu glauben."

„Soll ich schon mal den Steigbaum herunterlassen? Ich weiß genau, wie das geht."

„Sei nicht so voreilig, Mira, wir machen das schon, wir müssen uns diese Fremde erst einmal ansehen, bevor wir sie in unsere Höhle lassen. Du kannst aber schon mal vorlaufen und Ma Bescheid sagen, dass wir sofort kommen."

Mira rennt zurück zu Ma ans Feuer, die ihr schon erwartungsvoll entgegensieht. „Pa kommt sofort". Ruft sie kurz, dann zerrt sie den Steigbaum eifrig zur Felsenöffnung, aber er ist eigentlich viel zu schwer für sie.

Die Männer kommen bedächtig in den warmen Höhlen-Innenraum und schauen hinaus in die wirbelnden Schneewolken, Pa runzelt die Stirn, dann gibt er Tal und Merlin ein Zeichen, das bedeutet für die beiden Jungen, die schon neugierig hinausgucken, den Steigbaum herunterzulassen. „Zieht euch die Schneeschuhe an, wir gehen raus und gucken erst Mal, wer da draußen angekommen ist. Und du, Mira, du bleibst da am Feuer, für dich ist es viel zu gefährlich, draußen herumzulaufen."

„Aber wieso denn? Ich bin genauso stark wie Hal, immer soll ich zurückbleiben, das verstehe ich einfach nicht."

„Du hast ja eigentlich recht, aber es ist genug, wenn Tal und ich nachsehen gehen, warum willst du dir unbedingt auch nasse Füße holen? Bleib doch hier und warte mal ab, was wir bringen, und dann kannst du immer noch etwas tun."

„Was kann ich denn hier schon machen? Draußen könnte ich viel nützlicher sein."

„Na, du könntest zum Beispiel ein paar Felle aus dem Vorrat herausholen und nachsehen, ob sie sauber sind und ob keine Tiere drin sind. Dann kannst du schon einige Steine ins Feuer legen und einige Kräuter mit Fett und Wasser erwärmen, da hast du doch eine Menge zu tun."

„Pah, aber ich will doch auch…"

„Warum willst du immer dieselben Sachen wie Tal machen? Er ist viel kräftiger als du, und außerdem gibt es so viele andere wichtige Dinge, die genauso dringend sind, ohne die man erfrieren würde, und da brauchen wir deine Hilfe.

Wie Feuer machen zum Beispiel, denn ohne Feuer würden wir bei diesem Wetter nicht lange überleben können.

Und sieh mal, was Ma alles tun muss, damit wir satt werden und es uns gut geht, sieh hat immer so viel zu tun, dass du ihr schon etwas mehr dabei helfen solltest."

„Pa, ja, aber das ist immer dasselbe, ich will auch raus und Beute machen, ich bin genauso stark wie Tal, und Jagen und Fischen ist viel interessanter und spannender als ewig Brei und Kräutertee kochen."

„Mira, was soll bloß später mal aus dir werden? Warte noch einige Tage, dann kommt die große Jagd, dann müssen wir alle raus, das wird noch anstrengend genug für alle werden. Aber jetzt lass uns erst mal nachsehen gehen, was du da draußen gesehen hast."

Pa und Tal verlassen die Höhle über den Steigbaum und springen in den weichen Schnee, der hier fast einen Meter dick ist, dann beugen sie sich über das Fellbündel auf dem Boden. Vor ihnen liegt tatsächlich eine alte Frau in einem weiten Fellmantel mit einer Kapuze, ihr Gesicht ist eiskalt und sie zeigt kaum noch Leben.

„Bringen wir sie ans Feuer, dann können wir herausbekommen, woher sie kommt, warum sie bei solchem Wetter unterwegs ist und was sie hier bei uns will. Komm Tal, fass mit an, sie ist nicht sehr schwer in ihrem Fell, und sie atmet noch."

Aber was ist das? Als sie den Oberkörper der Frau anheben, bewegt sich plötzlich etwas in ihrer Kapuze, und sie hören ein dünnes Weinen. „Was ist das denn? Sieh dir das mal an." Aus der Kapuze fällt ein nacktes kleines Mädchen, es zittert heftig, denn es war nur in ein Hasenfell gewickelt, und als es Pa vorsichtig herausnehmen will, pinkelt es vor lauter Schreck auf seine Hände.

Alle lachen befreit. „Das ist ja Beweis genug, es lebt ja noch, das Kleine. Jetzt lass uns aber schnell die beiden ins Warme bringen, sie erfrieren uns sonst."

Schnell ist die Alte mit dem Baby in die Höhle ans Feuer getragen worden und sie wird vorsichtig aus den nassen Kleidern geschält. Ma handelt schnell und geschickt und rubbelt ihren zitternden, faltigen Körper mit weichem Heu und gewalkten Birkenschwämmen ab, der überall von blauen Flecken und Wunden übersät ist.

„Mira, hast du schon die Birkenrinde und die Kräuter ins warme Wasser gelegt? Unser neuer Gast braucht dringend etwas Warmes zum Aufwärmen, dann kann sie uns gleich sagen, woher sie kommt und warum sie bei so einem Wetter unterwegs ist und was sie überhaupt hier bei uns will."

„Siehst du, Ma, jetzt hast du plötzlich wieder etwas Kleines bekommen, du hast doch Kinder so gerne." Sagt Pa schmunzelnd und drückt ihr das zitternde Kinderbündel schwungvoll in den Arm.

Ma strahlt „Na dann komm mal her, du kleiner nackter Frosch, hier bei mir am Feuer ist es schön warm." Die Kleine zitterte erbärmlich, und als Ma es in ihre Hände nimmt und unter die Felljacke direkt auf ihre warme Haut legt, wird es ganz still, nuckelte kurz am Daumen und ist sofort zufrieden eingeschlafen.

Nach einigen Minuten schlägt die Alte die Augen auf und beginnt sich zu regen. „Wasser", flüstert sie mit letzter Kraft, und dann sinkt sie wieder matt zu Boden.

„Wer bist du, woher kommst du und warum bist du allein mit einem kleinen Kind bei solchem Wetter in den Bergen unterwegs?" fragt Mira, die ihr einen Becher mit heißem Kräutertee reicht.

Zitternd und dankbar nimmt sie den heißen Becher, nimmt ein paar tiefe Schlucke, dann beginnt sie leise zu berichten. „Seit vielen Wochen bin ich mit meiner Enkelin Ivi auf dem Rücken unterwegs durch die Berge, wir sind auf der Flucht vor den vielen Fremden, die unser Dorf überfallen und unsere Frauen geraubt und alle Kinder getötet haben.

Wir haben unterwegs nur von rohen Pilzen, Wurzeln und Beeren gelebt, sonst nichts. Und gerade eben bin ich gestürzt und habe jetzt auch noch eine große Wunde am Bein, die blutet sehr stark. Bitte helft mir und lasst uns bei euch etwas ausruhen, wir werden euch keine Last sein, und wir bleiben auch nicht lange."

„Du sollst so lange bei uns bleiben, bis du wieder zu Kräften kommst, und auch das Kleine ist hier bei uns gut aufgehoben. Ruh dich erst einmal etwas aus, Mira bringt dir gleich etwas frische Leber, denn die Männer haben letzte Woche einen Hirsch erbeutet. Dann wird es dir gleich wieder besser gehen."

„Hast du keinen Brei für mich, Fleisch kann ich nicht mehr essen, denn meine Zähne sind nicht mehr zu gebrauchen," klagt die Alte. „Ach ich bin auch so müde, ich möchte jetzt nur noch schlafen oder ich will lieber gleich ganz tot sein. Später geht es mir wieder besser, verzeiht mir."

„Wir lassen dich gleich schlafen, aber zuerst müssen wir dein Bein verbinden, denn es blutet immer noch ziemlich stark." Zum Glück weiß Ma genau, was jetzt zu tun ist. Sie kennt sich gut mit Verletzungen aus, sie kennt auch alle Heilpflanzen und hatte den ganzen Sommer über Büschel mit wildem Kümmel, Fenchel, Bitterklee, Quendelkraut, Beinwell, Schafgarbe und Birkenrinde-Stücke gesammelt, getrocknet und quer oben in die Höhle gehängt.

„Sieh mal, Mira, das hier ist Schafgarbe, ein Heilkraut aus den Bergen, daraus machen wir jetzt einen Brei und den schmieren wir auf die sauber gemachte Wunde. Dann gibst du mir ein Stück gegerbter Birkenrinde, die ist schön weich, damit können wir einen Verband machen. Und in ein paar Tagen ist alles wieder geheilt.

Aber jetzt lassen wir die alte Frau erst mal schlafen, aber hier bei uns ist sie erst mal sicher, und dann wird sie uns nachher bestimmt erzählen, was ihr alles passiert ist, denn niemand geht freiwillig bei dem Wetter durch die Berge, da muss ihr bestimmt etwas schlimmes passiert sein.

Und du, kleiner nackter Frosch, musst etwas Warmes anziehen können, sonst frierst wirst du und wirst mir krank. Was nehme ich da bloß? Ich werde mal den Vorrat an Fellen durchsuchen, ob wir noch etwas ganz weiches für dich finden können.

Haben wir noch etwas Brei, Mira? Du kannst die Körner auf dem flachen Stein im Feuer zerquetschen und anwärmen, und damit können wir zuerst erst mal diesen kleinen Schreihals beruhigen. Ich bin ja so froh, dass du schon so eine gute Hilfe bist, was würde ich nur ohne dich tun.“

Ma hat nun vier Kinder zu versorgen und zu erziehen. Mit viel Liebe hält sie die Fäden ihrer Familie in der Hand und sie hat schnell gelernt, das tägliche Chaos zu organisieren. Dass es aber in diesem Winter so hart werden würde, hatte sie sich einfach nicht vorstellen können.

Auch der letzte Sommer war verregnet gewesen, und die anhaltende Kälte und die Feuchtigkeit des Wetter nahm ihr viel Lebensenergie. Und seit vier Jahren hatte sie kein Kleines mehr im Arm gehabt, das machte sie manchmal ziemlich traurig, aber jetzt gibt es endlich wieder etwas Warmes, weiches, das ihre Hilfe braucht.

Das wichtigste drängende Problem ist für sie immer die Nahrungszubereitung, denn frisches Fleisch wurde nur selten gegessen, weil es ziemlich schwierig war, ein Tier zu erbeuten, abzuhäuten, zu schlachten, zuzubereiten und aufzubewahren.

Nie werden die Kinder richtig satt, gesund und bei guter Laune gehalten, denn sie haben immer Hunger und wachsen schnell, und hungrig werden sie schnell quengelig und unleidlich. Und dann haben sie oft zu wenig Widerstandskraft und manche sterben im Winter viel zu früh an Schwäche.

Das bedeutet für Ma eine Menge Arbeit, die ihr in den vergangenen Wochen über den Kopf zu wachsen schien. Arbeit, die hauptsächlich darin bestand, mühevoll die tägliche Nahrung zu beschaffen und zuzubereiten. Aber auch alle

Arbeiten, die durch das unvorhergesehene Herbstwetter durch Regen, Kälte und Nässe erschwert wird.

Jeden Abend müssen die Bewohner satt werden. Das bedeutet, die gesammelten Grassamen entspelzen, mahlen, sieben, Brei kochen und für das auf offenem Feuer. Holz sammeln. Tiere jagen, Kräuter und Beeren sammeln, Wasser holen: ihr Leben ist ein Vollzeit-Job, der allen an die Substanz geht. Dazu kommen die dauernde Kälte und der ewige Regen bedroht ihre Existenz. Das bedeutet für Ma eine Menge Arbeit, die ihr in den vergangenen Wochen über den Kopf zu wachsen schien. Arbeit, die hauptsächlich darin bestand, mühevoll die tägliche Nahrung zu beschaffen und zuzubereiten. Aber auch alle Arbeiten, die durch das unvorhergesehene Herbstwetter durch Regen, Kälte und Nässe erschwert wird.

Im Sommer gibt es genug Gräsersamen und verschiedene Wurzeln, und die im Herbst gesammelten Leckereien, getrocknete und gestampfte Beeren mit Talg sind schon längst in den hungrigen Mägen verschwunden, und so bleiben oft harte Erbsen in lauwarmem Wasser eingeweicht und gestampft als Hauptmahlzeit, die nicht lange satt machen und manchmal auch Bauchschmerzen verursachen. Und sie wissen oft nicht, ob und wie lange die gesammelten Vorräte für diesen Winter noch reichen werden.

Das Brennholz ist feucht und qualmt, der Boden wird matschig, die Lederkleidung klamm, die Lendenschurze darunter halten auch nicht dauernd warm

Am schlimmsten ist es, nass zu werden. Darum darf das Feuer nie ausgehen denn bei der Kälte dauert es sehr lange, bis die Kleidung wieder am Feuer getrocknet, die Füße wieder warm und der Körper richtig aufgewärmt ist. Und ihre Kleider sind fast immer feucht.

So ein Winter bringt nur Probleme mit sich mit. Dies ist der feuchteste und kälteste Herbst und Winter, an den sie sich jemals erinnern. Vor allem Pa und Tal haben die meiste Arbeit, und es fordert ihre ganze Energie, immer genug

Brennholz herbeizuschaffen, damit das Feuer nie ausgeht und ihre Familie im Winterlager nicht verhungert oder erfriert.

Jetzt bereiten sie sich sorgfältig für die Jagd vor, sie müssen Klingen und Pfeilspitzen aus Feuerstein herstellen, denn frisches Fleisch ist jetzt im Winter ihre einzige Nahrung. Ihre Gebete für ihr Jagdglück haben sie schon in der hintersten Ecke der Höhle verrichtet, die Kohlezeichnungen für die Beutetiere erneuert und akribisch darauf geachtet, dass keine Frau bei den Zeremonien dabei gewesen ist.

Draußen wird es langsam dunkel, und das Schneetreiben hört einfach nicht mehr auf. Plötzlich knallt ein Windstoß in die Höhle, das Feuer beginnt zu qualmen, und gerade noch kann das Schlimmste, das Verlöschen der Glut, verhindert werden.

Alle sind im Aufruhr, bis endlich das Feuer wieder brennt und die Wärme sich behaglich ausbreitet. Zum Glück hatte Pa vorgesorgt, sorgfältig legt er einige trockengebliebene Holzstücke nach – zur Freude der Frauen und Kinder, die sich jetzt gemütlich um die willkommene, wohlige Wärmequelle scharen. Aber das ist nicht die einzige Schwierigkeit, mit der die Sippe zu kämpfen hat

Um die Löcher in der Wohnhöhle zu schließen, gelingt es ihnen schließlich, sie mit Schilf und Baumrinde aus ihren Lagern abzudichten. Wie lange soll die Sippe diesen Winter bloß aushalten? In der Höhle gibt es inzwischen nur drei Dinge im Überfluss: Regen, Matsch und frühzeitiger Schnee.

Und dann hält auch noch die Felswand des Wohnhauses den plötzlichen Wassermassen nicht stand. Überall tropft es herein: Kleider, Felle, Betten, der ganze Hausrat wird feucht und klamm und zu allem Überfluss geht bei einem erneuten heftigen Windstoß das Feuer aus.

Langsam fühlen sich alle schlapp. Etwas Fleisch könnte helfen und so werden sie sich im Dunkeln daran machen, den gestern erlegten Hirschen richtig zu zerlegen. Und als am Abend der erste Bratenduft aufsteigt, drängeln sich alle lachend ums Feuer zu einem späten Festmahl.

Danach rollen sie sich zufrieden mit vollen Bäuchen in ihre Felle auf dem Lager zusammen. Ma füttert noch schnell den Feuerkorb mit Holzspänen, damit das Feuer während der Nacht nicht ausgeht, denn Feuer ist Leben für alle.

Morgen werden sie wieder auf die Jagd gehen, dann wird sie nichts mehr aufhalten, dann wird es wieder Fleisch im Überfluss geben, und dann werden ihre Bäuche endlich wieder satt und richtig voll sein.

Am nächsten Morgen hatte der Schnee aufgehört, und eine müde Sonne blinzelt über die weiße unberührte Landschaft. Auch das kleine Mädchen hat ausgeschlafen und krabbelt gut gelaunt aus dem warmen Fellsack und schaut sich erwartungsvoll nach etwas essbarem um.

Mira freute sich, plötzlich so ein kleines Wesen um sich zu haben, mit dem sie herrlich spielen kann. „Sieh mal, Ma, es sieht so ganz anders aus als wir, es hat rote Haare und grüne Augen, wie kann das sein? Unsere Augen sind alle braun und unsere Haare sind dunkel."

„Nicht alle Kinder sehen gleich aus, aber dies ist ein besonders hübsches Kleines, irgendwie. Und es kommt bestimmt von weit her, wo die Leute alle ganz hell sind. Man muss nur über die Berge laufen, wo die Fremden wohnen" ,sagt Pa, „und ich muss es schließlich wissen, denn ich war früher einmal da hinter den Bergen gewesen, wo die Fremden wohnen."

„Haben wir eigentlich noch Fellkleider von unserem kleinen toten Bruder? Die können wir ihm doch anziehen, damit es nicht friert."

„Aber Mira, weißt du denn nicht mehr, dass wir den kleinen Sohn doch mit seiner Kleidung in die Erde legen mussten, damit er in seinem neuen Leben nicht frieren muss.

Aber ich habe eine viel bessere Idee; ich werde gleich etwas aus deinen abgelegten Sachen nähen, denn du bist ja so schnell in der letzten Zeit gewachsen, dass man gar nicht mehr mit der Herstellung neuer Kleider und Schuhe nachkommt."

„Ja, das stimmt wirklich, meine alten Sachen kann sie alle haben. Und was geben wir ihr gleich zu essen?"

„Ganz einfach, nimm etwas Grassamen oder Fava, das ist eine Erbsenart, die zerquetschst du auf dem Reibstein, den Brei musst du etwas anwärmen, dann nimmst du etwas Wasser und machst einen Brei draus, nur etwas feiner, als wir ihn in der Frühe gegessen haben. Das macht schön satt.

Ich meine, ich habe noch irgendwo ein gegerbtes Stück Hasenfell im Vorrat, und um den Po bekommt es einen Birkenlappen, dann kann es pinkeln, soviel es will. Ich werde ihm auch noch kleine Schuhe nähen, wenn sie größer wird und laufen kann.

Ach, so ein kleines Wesen macht mir richtig Freude und ich hatte schon so lange keins mehr." Sagt Ma träumerisch und wiegt das kleine Mädchen sanft in ihren Armen, das sie mit ihren grünen Augen rätselhaft ansieht, als ob sie alles verstehen würde.

„Es muss aber einen richtigen Namen haben, wie sollen wir es den nennen?"

„Das wird Pa entscheiden, ich denke mal, bald können wir eine Zeremonie machen, denn es wird ja überleben. Der Winter muss erst mal vorbei sein, wenn alles wieder grün ist. Dann muss der Schamane erst die Große Mutter fragen und ein Tieropfer bringen.

Der Frühling kommt mit Macht, und endlich können sie sich wieder draußen aufhalten. Die ersten Vögel zwitschern in den noch kahlen Bäumen.

Die alte, hagere Frau mit dem scharfgeschnittenen, vom Leid gezeichneten Gesicht und den entzündeten Lidern hat sich in der Gruppe auch zurechtgefunden. Aber sie wollte ihren Gastgebern nicht zur Last fallen und lieber bald weiterziehen, aber sie wusste eigentlich nicht, wohin sie gehen sollte. „Jetzt bist du bei uns und gehörst zu unserer Familie, wir haben genug zu essen, und du brauchst nicht weiterzuziehen," Sagt Ma einfühlsam.

Dann berichtete sie, dass sie eine Heilerin und Bewahrerin der alten Sagen ist, ihre Gruppe war von einer fremden Rotte überfallen und getötet worden. Nur sie hat überlebt, weil sie sich rechtzeitig mit ihrem Enkelkind verstecken konnte. Sie flüchtete mit ihm in die Berge, mitten in der Kälte.

Die Fremden verfolgten sie lange, denn so eine Heilerin ist für jede Sippe lebensnotwendig, und sie hatten durch den Überfall der Fremden viele Verletzte in ihrer Sippe, die sterben mussten, wenn niemand heilkundig war.

Als Beweis ihrer besonderen Stellung nahm sie ein schmales Holzkästchen aus ihrem Fellsack, öffnete es und holte ein rundes Frauenfigürchen heraus. Diese besondere Figur muss eigentlich von aller Welt geheim gehalten werden, denn sonst würde sie ihre Heilkraft bei den Frauen und den Geburten verlieren.

Dann fragte die Alte fragte nach etwas Wasser und einer Schüssel. Alle schauten neugierig, als sie die Frauenfigur badete und etwas Unverständliches murmelte.

Dann nahm sie das Wasser und goss es sich vorsichtig über ihr Bein, denn jeder Tropfen dieses Badewassers war für sie eine kostbare Arznei.

Das Frauenfigürchen wurde wieder sorgfältig eingehüllt und mitten zwischen winzigen Goldplättchen, Haselnüssen, Zirbelzapfen und Edelstein-Splittern gelegt. Als Mira sich den Inhalt genauer ansehen wollte, schlug die Alte sofort nach ihren neugierigen Händen.

Stockend berichtete sie, wie sie vom lebensgefährlichen Anstieg durch das noch wasserarme Bett des Klammbachs gewagt hatte. Sie schleppte anfangs zuerst trotz der schwierigen Wanderung eine Ziege mit; sie sollte dem Säugling wenigstens so lange Nahrung geben, bis die Kastanienbäume, eine Hauptnahrungsquelle, wieder Früchte trugen.

Unterwegs traf sie einen stämmigen, braunäugigen, schwarzhaarigen Jungen von ungefähr sieben oder acht Jahren, der auch auf der Flucht war und sich ihr einfach anschloss Er sagte, dass er Tibor hieß.

Seine Mutter war eine Flüchtige gewesen, wie es damals viele im Lande gab, und sie war gerade im einsamen Bergwald bei der Geburt dieses kleinen Mädchens in den Armen der ihr völlig fremden alten Frau gestorben. Die Alte hatte sie würdig begraben und mit dem verwaisten Jungen ein Gebet gesprochen.

So, als könnte es gar nicht anders sein, nahm sie Tibor an der Hand und nahm die beiden Kinder mit auf die Flucht. Er war ein fleißiger und aufgeweckter Junge gewesen. Sie gewöhnten sich rasch aneinander und er half ihr unermüdlich beim Kräutersuchen und Wurzelgraben, beim Sammeln von Pilzen, denn er war gelehrig und sehr geschickt.

Aber durch die Verfolgung der Fremden hatte er sich in einer Felsspalte den Knöchel verstaucht, da fanden ihn die Fremden und sie nahmen ihn einfach mit, ohne dass er sich dagegen wehren konnte. Sie vermisste ihn sehr, denn er war ein guter Junge, sie konnte mit jemandem reden und er war ihr unterwegs immer eine große Hilfe gewesen.

Auf der Flucht starb ausgerechnet noch die Ziege und so hatte sie für das kleine Mädchen keine Milch mehr. Es weinte vor Hunger anfangs sehr und ließ sich gar nicht beruhigen, aber als die Alte ihm eine Veilchenwurzel für ihre durchbrechenden Zähnchen zum Kauen gab, lachte es schnell wieder über ihr Gesichtchen, aber das hielt nicht lange an, denn der Hunger war einfach stärker gewesen. Und so kamen sie bis hier zu diesen Wohnhöhlen unter den Wänden des Gebirges.

„Du bist jetzt hier in unserer Sippe willkommen, und im Frühling werden wir weiter sehen, dann werden wir nämlich in unser Sommerlager umziehen.

So wurde die alte Soran von der ganzen Sippe als Steinzeit-Oma adoptiert, sie war zäh und stark und sie erholte sich schnell von den Strapazen der Flucht im Schnee und mit ihren Erzählungen am abendlichen Feuer wurde sie zum ruhenden Pol der Sippe und alle konnten von ihrem Wissen profitieren.

Und sie war verantwortlich für das Feuer, das in diesem Winter niemals mehr ausgehen durfte. Sie war die erste, die einen tragbaren Feuerkorb erfand, mit dem man das Feuer sogar mit auf die Jagd nehmen konnte.

„Das ist Til, mein Großer, er hat schon viel gelernt, er kennt viele essbare Kräuter und Wurzeln, so dass er draußen immer überleben kann. Wenn er kein Quellwasser hat, kaut er saftigen Sauerklee und löscht so seinen Durst. Vor den Tollkirschen, vor den appetitlichen Beeren des Seidelbastes und anderer Giftpflanzen war er gewarnt; er kannte die gefährlichen Pilze und vermied die giftigen Blätter der Nieswurz, und von der Alten lernte er viel über die Wirkung der Gift- und Heilkräuter . Sogar die Tageszeiten kann er jetzt vom Stand der Sonne ablesen.

Pa behandelte den Jungen schon wie einen verständigen Erwachsenen und er besprach mit ihm alles, was mit ihrer und seiner Arbeit zusammenhing, er wollte ihm alle seine Erfahrungen weitergeben und er war besonders stolz, als Ma zu ihm sagte: „Du bist jetzt mein Großer, du bist mir eine große Hilfe! Was täte ich nur ohne dich?"

Für Til ist jetzt im Frühling Pas Einbaum das bestes Fortbewegungsmittel auf dem Wasser, er hat sich ein Netz und eine Reuse gebaut, und bald wird er einige Schnüre mit Angelhaken an den besten Stellen im Fluss auslegen, denn die Fische schmecken im Frühling besonders gut.

Aber wie jeder Junge hatte er sich andauernd neue Streiche ausgedacht.

Mit seiner Schwester Mira sammelte er aber auch fleißig Pilze und Beeren, um für Abwechslung auf dem Speiseplan der Familie zu sorgen.

Mira war bis jetzt das einzige Mädchen unter den Kindern gewesen, aber das ist kein Problem für sie, denn erstens ist sie genauso abenteuerlustig, keck und verwegen wie die Jungs und zweitens ist ja jetzt ein kleines Mädchen dazugekommen. Es kann zwar noch nicht richtig laufen, aber es krabbelt schon ganz neugierig überall herum, wo sie nicht hinsoll, und sie hat sich schon einmal die Händchen an der Feuerstelle verbrannt. Aber bald wird sie richtig laufen können, und dann wird sie endlich sprechen lernen, damit man sich auch richtig mit ihr unterhalten kann.

Mira ist ein ernsthaftes kleines Mädchen mit viel Verantwortungs-bewusstsein und sie ist sehr klug, aufmerksam und kreativ. Heute verarbeitet sie gemeinsam mit Ma die Fellreste zu fantasievollen Jacken, Taschen und Handschuhen und sie repariert sogar ihre Fellschuhe selber.

Sogar beim Thema Schminken ist sie schöpferisch-kreativ geworden „Das geht mit Erde oder Holzkohle" lacht sie und erschreckt die Kleine mit ihrem schwarz bemalten Gesicht.

Mira ist nie allein und steht immer mitten im quirligen Leben. Nur manchmal, wenn sie nachdenklich wird, sucht sie sich ein stilles Plätzchen, aber das ist gar nicht so einfach, wenn sich das ganze Leben nur in der Gruppe abspielt.

Die Kinder klettern gemeinsam auf Baumstämme und auf großen Steinen im Fluss herum, sie spielen, warten und beobachten gleichzeitig aufmerksam die Tiere und die Möglichkeiten, wie die Erwachsenen mit den unbekannten Herausforderungen der optimalen Jagd umgehen.

Sie erzählten sich Geschichten von Mutter Erde und sie erleben die interessanten Abenteuergeschichten nach, die ihnen der Onkel Hanung von der letzten Alpendurchquerung erzählt hatte. Und sie träumen auch schon davon, selbst die Berge zu überqueren und genauso viele Abenteuer wie er zu erleben.

Ihren neugierigen Augen entgeht nichts, und manchmal gucken sie neugierig aus sicherer Entfernung durch die Sehschlitze in der Höhlenwand, wie an dem Tag, als Pa und Ma allein in der Höhle waren und sich seltsam ungewohnt und geheimnisvoll benahmen.

Und in diesem Sommer werden alle bei der großen Jagd mit dabei sein, wenn die Pferdeherden mit ihren Fohlen hier durch ihr Gebiet ziehen werden.

Am nächsten Morgen ist der Himmel strahlend blau und die ganze Schlucht ist vom Schnee ganz weißbepudert, obwohl es doch eigentlich schon Sommer wäre. Mira ist mit der alten Soran als erste auf den Beinen.

Früh morgens muss das Feuer richtig brennen, damit der Getreidebrei in den Tontöpfen brodeln kann. Mira ist froh, denn sie ist jetzt nicht mehr das einzige Mädchen in der Kindersippe. Das neue Kleinkind-Mädchen ist aber noch viel zu klein zum richtigen spielen, aber es brabbelt vergnügt. Man kann es nur füttern, knuddeln und umhertragen. Und im Frühling wird sie einen neuen Namen bekommen, das ist eine festliche Sache.

Bis zum Frühling ist es noch lange hin, bis sie endlich wieder mit Til den Einbaum zum Fischen herausholen kann, dann werden sie wieder Beeren sammeln und auf die Kleine aufpassen. Doch manchmal sind ihr die Jungs zu wild und sie will einfach mal alleine sein und nachdenken.

Bei Til dreht sich fast alles ums Essen und über Essen kann er stundenlang reden. Für einen gegrillten Hirschbraten ist er gerne bereit, auch etwas Neues zu lernen. Und wenn es gerade nichts anderes gibt, dann lernt er, auch in Notzeiten Platterbsen und Getreidebrei zu schätzen, wenn man auch davon manchmal Bauchschmerzen bekommt.

Til lernt von den Großen jeden Tag, wie er draußen allein überleben kann. Er wird nicht müde herauszufinden, welches die beste Art ist, Fische zu fangen, Pilze zu suchen und die giftigen von den essbaren zu unterscheiden Vom Ährenschneiden übers Dreschen und Mahlen des Korns , er geht mit zur Ernte und treibt sich gerne beim Kochen am Feuer herum, obwohl das eigentlich Frauensache ist.

So geht Frühstücksbrei: 1 Korb Gräser Samen oder Erbsen zerquetscht mit etwas Wasser vermischt auf einem flachen Stein erwärmen und langsam warmwerden lassen. 200 Gramm gehackte Haselnüsse Dazu: Holundermarmelade bestehend aus Holunderbeeren erwärmt mit etwas Honig, und im Sommer kleingeschnittene Äpfel je nach Geschmack.

Mittags gibt es Maronenbrei mit einer Prise Salz und Wasser. Oder man nimmt Steinpilze, 3 Knollen Bärlauch 3 Rübchen, Schmalz und Salz, und Äpfel und Nüsse zwischendurch.

Abends gibt es wieder Brei wie morgens, angereichert mit gesammelten Früchten und Beeren, es ist zwar immer dasselbe, macht aber satt.

Was zieh' ich an – und wie putze ich mir die Zähne? Wie wird die Fellkleidung sauber und wo schlafe ich mit welchen Felldecken? Und womit kann ich meine Haare waschen? Von der alten Soran lernt Mira die Magie des Waldes kennen und mit ihrer Mutter entdeckt sie, dass Seifenkraut auch sauber macht.

Und Til will von den Großen alles ganz genau wissen: Wie wird gejagt? Wie entstehen Pfeil und Bogen? Er lernt schnell, wie man mit einem Feuerstein Feuer schlagen kann und lernt, scharfe Klingen und Pfeilspitzen herzustellen. Und von den Großen lernt er schnell, und er war ziemlich stolz, mit der Speerschleuder einen flüchtenden Hasen oder einen Vogel zu treffen.

„Heute ist ein guter Tag, wir gehen zum Jagen, ich habe vorhin ein Rudel Hirsche gesehen, die Spuren sind noch ganz frisch, wer möchte mit?" lacht Pa, und die Jungen springen sofort auf, greifen sich ihre Waffen und rennen sofort los.

Schließlich gelang es Til, mit Steinen nach allerlei Zielen zu werfen und zu treffen, und bald konnte er mit faustgroßen Steinbrocken ein Murmeltier vor dem Bau und einen Alpenhasen beim Äsen erlegen.

Sein kleiner Bruder Lud war noch nicht so weit, aber er übte täglich und wurde immer besser. Am liebsten saßen beide den ganzen Tag am See und warteten, dass ein Fisch anbiss, aber das passierte viel zu selten und nach einer Weile gaben sie es bald auf und waren sauer. So steuerten die jungen Jäger manches Stück Wildbret für die Gruppe bei und schulten dabei Auge und Hand.

So war die Kindheit in der Steinzeit und es sind heute nur wenige Spuren von ihnen erhalten. Zu einer Zeit, als so seltsame Tiere wie Mammuts und

Wollnashörner durch die Landschaft trabten, wurden alle Tiere als Beute betrachtet und natürlich von der Horde restlos aufgegessen.

Aus den Bälgen der erlegten Tiere, die Pa sorgfältig abgezogen hatte, konnten Ma und die alte Soran neue Schuhe und Kleidung für alle anfertigen. Das Fell wurde dabei so lange im Bach gelagert, bis sich die Haare problemlos ablösten. Dann wurde die Tierhaut ganz weich und man konnte Schuhe und viele andere wichtigen Dinge daraus herstellen.

In dieser Gruppe gab es keine strikte Trennung zwischen Kindern und Erwachsenen. Also war es ganz anders als heutzutage, wo bei uns zum Beispiel nur die Erwachsenen arbeiten. In der Steinzeit aber gingen alle Kinder mit auf die Jagd, um Nahrung zu beschaffen. Und sie wurden wahrscheinlich auch genauso behandelt wie die Erwachsenen.

Die Kindersterblichkeit war hoch, und viele der Kleinen überlebten den ersten Winter nicht. Zum Beispiel lagen in manchen Kindergräbern eine Perlenkette, Lanzen oder ein geschnitztes Pferdchen aus Elfenbein.

Dann wurden je nach Jahreszeit Blumen auf das Grab gestreut. Es waren die gleichen Beigaben, die auch in Gräbern von Erwachsenen gefunden wurden. Daraus schließen die Forscher heutzutage, dass zwischen Kindern und Erwachsenen im Magdalénien oft kein Unterschied gemacht wurde.

Am nächsten Morgen schien draußen eine blasse Sommersonne, draußen wird es schon viel wärmer und die Sippe baut endlich ihr Sommerlager auf. Endlich können sie die Höhle verlassen und wieder draußen leben. Die Zelte sind schnell aufgebaut, denn alles ist noch vom letzten Jahr sicher in der Höhle aufbewahrt worden. Zuerst werden die Stangen aufgestellt, dann werden die Felle darauf gelegt. Sie riechen zwar etwas muffig von der Lagerung, aber das vergeht schnell.

In der Mitte wird eine Feuerstelle errichtet und es werden zwei Kochgruben gebuddelt, die sorgfältig mit Lehm ausgestrichen werden. Mira hat schon große, flache Steine dafür vom Bach herangeschleppt.

Die neuen Betten werden mit frischen Tannenästen gebaut und mit Fellen überzogen, sie riechen noch lange herrlich, nur die Felle müssen noch etwas mehr auslüften, dann ist alles fertig.

Jetzt brauchten sie nur noch zu jagen und frisches Fleisch zu besorgen, dann ist das Sommerlager fertig. Pa war gestern schon am Großen Berg gewesen und hatte beobachtet, dass dort in der Nähe eine Herde Pferde grasten. Abends saßen sie dann am Feuer und beratschlagten, wie sie nicht nur ein einziges Pferd, sondern möglichst viele der ganzen Herde auf einmal erbeuten konnten.

„Alle müssen mitmachen, Wir treiben sie von hinten auf den Berg, und wenn sie oben sind, können sie nicht mehr zurück und müssen herunterspringen, und dann sind sie hilflos und wir können sie erschlagen. So können wir große Beute machen," sagte Pa bedächtig und zeichnet die Lage des Felsens in den Höhlenboden. „Wir sind zwar zu wenige, aber wir werden es schaffen.

„Endlich gibt es mal wieder frisches Fleisch und wir brauchen auch neue Häute, denn unsere Kleidung besteht nur noch aus Lumpen." Ruft Ma begeistert. Ja, wir machen uns schon heute Nacht fertig. Til, hast du schon neue Klingen geschlagen? Und du, Mira, flichst zusammen mit Soran den neuen Feuerkorb fertig, die Weidenruten liegen noch im Bach, die müssen wir zuerst herholen, die werden schon weich sein, und dann werden sie mit Lehm ausschmieren und am Feuer trocknen. Und Soran sorgt heute für den Feuerkorb und Birkenspäne, damit das Feuer nicht ausgeht, du bist verantwortlich dafür."

„Ich gehe vielleicht lieber gleich los, und kann vorab schon mal gucken gehen," ruft Til begeistert.

„Nur immer mit der Ruhe, du bleibst hier, damit würdest du nur die Tiere erschrecken und vertreiben. Wir gehen alle zusammen, packt lieber erst in Ruhe die Rucksäcke, und in die Taschen legt ihr soviel Klingen, wie möglich. Ich nehme den Bogen und die Pfeile, sie sind schon präpariert. Dann lasst uns endlich losgehen," brummt Pa ruhig, und ihm ist die Aufregung nicht anzumerken.

Es ist noch dunkel, als sich die Truppe auf den Weg zu dem großen Felsen macht, Heute wollen sie endlich Pferde erbeuten, denn sie hatten schon den dritten Tag außer dem täglichen Brei nichts richtiges mehr gegessen, und der Hunger bohrt fordernd in ihren Eingeweiden.

Alle waren schon ganz aufgeregt, als endlich die Herde Pferde in der frühen Dämmerung auftauchte. und machten sich für fertig für die Treibjagd am großen Berg fertig. Sie kletterten und verteilten sich mit ihren Waffen zwischen den Geröllhalden und Sträuchern.

Aber die Pferde hatten sie schon entdeckt und witterten unruhig in ihre Richtung. Nach einer Weile beruhigten sie sich wieder, und die Menschen hatten den Ring um die Herde wieder etwas enger und wieder etwas enger gezogen.

Gleich ging die große Jagd los, die Pferde sollten eingekesselt und dann auf den Felsen getrieben werden, Vorsichtig schleichen sie sich von allen Seiten an, auf ein Zeichen von Pa rennen sie schreiend los, die Herde wird von zwei Seiten in die Zange genommen und rennt panisch los in ihr Verderben. Die ersten Tiere fallen, und auch die anderen rennen kopflos hinterher. Unten liegen sie dann mit gebrochenen Gliedern und werden von den Jägern erschlagen.

Endlich wird es wieder genug Fleisch und Felle für alle geben und die Hungerzeit ist vorbei, die Vorratsgruben werden gefüllt werden und das gibt ihnen jetzt schon ein beruhigendes Gefühl von Sicherheit.

„Da liegen so viele tote Tiere, die können wir ja gar nicht verarbeiten und mitnehmen. Mira, du passt auf, du musst die vielen wilden Tiere vertreiben und die toten Tiere bewachen und verteidigen. Nimm am besten einen dicken Ast und zünde ihn an. Sieh mal, da oben sind schon die ersten Geier, und die Wölfe werden auch gleich da sein. Wir anderen werden die Tiere abhäuten und die besten Stücke in ihre Felle wickeln, das muss schnell gehen.

Bevor die Nacht beginnt, wollen wir wieder auf dem Rückweg in unser Lager sein. Hier Mira, du bekommst ein Stück Leber, das kannst du sofort essen, das gibt dir viel Kraft."

„Danke, Pa, das ist das beste überhaupt." Tief in der Nacht langten sie wieder in ihrem Lager an, jetzt begann die Arbeit erst richtig für alle. Die Felle mussten im Fluss eingeweicht werden. Sie wurden mit großen flachen Steinen beschwert, damit sie nicht wegschwimmen konnten. Das Fleisch wurde in lange Streifen geschnitten und draußen in der warmen Sonne getrocknet, dann war es lange haltbar.

Morgen wollten dann Til und Mira Salz aus den Bergen holen, damit konnte auch das andere Fleisch lange haltbar gemacht werden. Soran wollte auch mitgehen, denn sie hatte die meiste Erfahrung in den Bergregionen und die Salzflecken.

Die Sonne war noch nicht aufgegangen, als sich Mira, Til und Soran auf den Weg machten.

Dieser Morgen war aber irgendwie anders als sonst. Gewohnt, auf Wettervorzeichen zu achten, mustert die Alte den Himmel. Vom Osten, wo über sattblauen Bergketten die Eisfelder leuchteten, bis zum fernen Westen, wo Gletscher im Alpenrot glühten, war die Welt der Berge überwölbt von wolkenloser, weißdurchleuchteter Bläue. Stechend strahlte die Sonne hernieder, trotz des frühen Morgens.

Der alten Soran war diese Morgenhitze im Frühjahr irgendwie verdächtig. Alles deutet auf ein bevorstehendes Unwetter hin. Und schon im Laufe des Vormittags zeigte sich im Nordwesten über den schroffen Bergrücken eine Trübung des Himmels, die sich schnell zu schweren Wolken zusammenballte und immer mehr verdichtete.

Die Gemsen hatten sich verzogen und es ließ sich den ganzen Morgen noch kein lebendiges Tier sehen. Ob sich alle versteckt hatten? Aber als sie bei den Zirbelkiefern anlangten, ließ sie ein Knistern im Bodenreisig sie vor Schreck zusammenfahren. Gott sei Dank, es waren keine Verfolger! Zwei Stück Rehwild brachen durch das Jungholz und verschwanden im dunklen Wald.

Die Sonne stand fast senkrecht über der Klamm und beleuchtete grell die schrägen Halden, an denen verwitterte Gerölltrümmer so gefährlich überragten, als könnten sie jeden Augenblick in einer Steinlawine niedergehen.

Von dort oben kamen meistens die Steinschläge, vor denen niemand sicher war, der es wagte, bei einem Gewitter in die Klamm einzudringen. Die Alte legte die Stirn in Falten. Wenn so ein Frühlingsgewitter niedergeht, dann wird sich der ganze Klammbach in ein gischtendes Wildwasser verwandeln, das die schmale Schlucht hoch anfüllen könnte.

Wenn das Unwetter in der Nacht kommen würde, so brachte es ihnen den sicheren Tod. Im offenen Gelände aber durften sie nicht weiter vordringen, denn jeder Fremde, der ihnen auf die Spur kam, konnte sie leicht angreifen und umbringen. Und sie hatten auch schon die Losung und die Spuren von zwei großen Höhlenbären vorn am Bach gesehen.

Sie sammelten unterwegs Baumschwämme, Knorren, Gams- und Rehkrickel aus dem Lawinenschutt. Ab und zu regte sie die Form eines Gegenstandes an, um daraus ein Gerät zu basteln. So wurde aus einem Ziegenhorn eine Scheide für den Wetzstein zu einer Sichel, und einen dünnen Bergkristall benützten sie als Griffel, mit dem man die Umrisse von Tieren und Menschen in die Mergel- oder Schieferplatten ritzen konnte.

Sie stiegen über pfadlose Schutthalden empor zu einem Gebirgssattel, der sie südwärts führte sie auf die Höhe an, die mit rundlichen Blöcken bedeckt war und sanft abfiel in ein tief ausgewaschenes Tal, aus dessen Bodennebeln vereinzelte Zirbelkiefern undeutlich aufragten. Jenseits des Baches hingen rostgelbe, vom Wasser unterhöhlte Kalkwände über, in denen sich als schwarzer, nach oben weit auseinanderklaffender Riss eine Klamm abzeichnete.

Drei Gemsen kletterten herum und zeigten ihnen den Weg zu den Salzlecken, und es war ziemlich mühsam, die Salzbrocken vom Felsen abzuschlagen und einzusammeln. Schließlich hatten sie zwei Rucksäcke voller Salzbrocken gesammelt, mehr konnten sie nicht tragen.

Ohne Deckung wagten sie es nicht, bei Tag den langwierigen Abstieg zu unternehmen. Und todmüde waren sie auch. Jeder bekam noch ein paar getrocknete Haselnüsse und Beeren, und an einen Felsblock gelehnt, hielt die Alte scharf Ausschau, ob nicht irgendwo ein Fremder auftauchte, der hier nichts zu suchen hatte.

Weit unten im Tal weidete friedlich eine Pferdeherde, der Leithengst witterte, aber zum Glück wehte der Wind auf sie zu. Man wird sie beobachten müssen, aber sie sind noch zu weit entfernt.

Gegen Mittag machten sie eine kurze Pause unter einer Felswand, und dann rollten sie sich zu einem Mittagsschlaf zusammen, aber als sie erwachten, wurden sie unruhig. Zuerst wachte Mira auf, rieb sich die Augen und klagte über Hunger und Durst. Am Himmel ballten sich dunkel einige Wolken zusammen.

Die alte Soran erwachte und blieb dann ruhig sitzen, das Gesicht ahnungsvoll den Höhlen zugekehrt. Eilig nestelte sie ihren Rucksack auf, in dem sie das Mutterfigürchen versteckt hatte. Sie öffnet das Kästchen, um sich von ihr Rat zu holen, ob sie weitergehen sollten oder nicht. Plötzlich kollerten einige Felsstücke vom Berg herunter, genau vor ihre Füße.

Das drohende Unwetter schien aber noch so weit entfernt zu sein, dass sie vor seinem Ausbruch in die Klamm zur Höhle zurück ins Tal zu kommen hofften. Und so abergläubischem Vertrauen zum Figürchen begannen sie den Abstieg zum Klammbach.

Endlich standen sie im Bett des Klammbachs, es war der einzige Weg durch die Klamm. Im kühlen Wasser watend, drangen sie durch die Schlucht aufwärts, zwischen den Felswänden durch, die das Murmeln des Baches zum Getöse anwachsen ließen. Gegen das strömende Wasser, das ihnen über die Knöchel, manchmal sogar bis zu den Knien reichte, gingen sie mühsam vorwärts.

 Langsam schritt die Alte voran; ihre Rechte tastete vorsichtig die Felsblöcke ab, mit der Linken zog sie Til weiter, der einen schweren Fell-Rucksack trug.

Solange der Widerschein des Mondlichtes auf dem unruhigen Wasserlauf lag, bewegte sich die Alte sicher vorwärts. Als es aber völlig finster wurde und sie nicht mehr wussten, ob ein überhängender Fels oder eine Wolke das Licht verdeckte, begannen sie zu stolpern, so dass sie sich wiederholt die Schienbeine blutig schlug.

Da waren Stellen, wo der Bach über Felsblöcke niedersprühte, die überklettert werden mussten. Das Getöse des stürzenden Wassers schwoll an solchen Stellen betäubend an und machte jedes Wort unverständlich.

Als der erste Blitz die Finsternis erhellte und ein lang nachrollender Donner das Losbrechen des Gewitters anzeigte, wurde ihnen erst richtig bewusst, dass jetzt alles von der Schnelligkeit ihrer aller Leben abhing.

Je höher sie in der Schlucht emporkletterten, desto schwieriger wurde das Weiterkommen. Immer stärker rauschte das Wasser, das nun auch noch steiler herabfiel. Dazu gesellte sich das Scheuern und Anschlagen des vom Bach geschobenen Gerölls; und von den nahen und fernen Felswänden kam der Schall tausendfach gebrochen als Nachhall und Widerhall zurück.

Plötzlich flammte grellweißes Licht auf und zerriss für einen Augenblick die schwarze Nacht. Unmittelbar darauf erzitterte die Luft von einem heftigen Donnerschlag. Ihm folgte ein scharfes Knattern und grollendes Rollen. Das Gewitter war direkt über ihnen. Blitz folgte auf Blitz und ein Donnerschlag löste den anderen ab.

Dann setzte ein Schneetreiben ein, vermischt mit einem heftigen Regenguss, der lange und heftig auf sie niederprasselte. Die Alte warf den Rucksack und die regenschweren Überkleider ab; und die anderen folgten ihrem Beispiel. Es galt jetzt, das nackte Leben zu retten.

Sie dachten an nichts anderes als an das steigende Wasser und an die unausbleiblichen Steinschläge. Da – wieder ein Knattern, das Gepolter stürzender Felsblöcke und ein Aufklatschen im Wasser, das hoch aufspritzte. Dieser Steinschlag war für sie lebensgefährlich! Ein großer Felsen ragt durch den feinen Nebel, der die Schlucht erfüllte.

Direkt unter ihnen lag jetzt ein weiter Talkessel, rings eingeschlossen von hohen Felswänden, an deren Fuß sich schräge, stellenweise mit Nadelbäumen bewachsene Schutthalden hinzogen. Der schotterige Grund aber, durch den sich der Bach schlängelte, war an den Ufern von vertrocknetem Gras und Schilf bedeckt.

Da kniete die Alte nieder und die anderen folgten ihrem Beispiel. Die gefalteten Hände zum Himmel erhoben, betete sie laut und flehentlich: zu den Göttern. Dann stand sie taumelnd auf, und die Geretteten setzten ihren Weg in das Tal fort. Aus dem Lärmen des Bachs war nun ein Murmeln geworden, das die Stille im Talkessel kaum störte. Die tief hängenden grauen Wolken und darunter die Nebelschwaden an den Felswänden hatten etwas Einschläferndes für die Kletterer.

Steifbeinig und langsam, aber zielbewusst, ging die Alte im Bachbett dahin, immer bachaufwärts; irgendwo dort in der oberen Wand mochten wohl die Höhlen sein, in denen sie zu Hause waren.

Plötzlich änderte die alte Frau die Richtung. Sie bog nach rechts ab, wo ein überhängender Fels ein Dach gewährte. Dort lag eine Schicht braunes Laub, vom Vorjahr her angeweht und angeschwemmt und halbvermodert.

„Es geht nicht mehr weiter, kommt hierher, wir müssen hier übernachten." Die Alte drehte sich nach den anderen um und winkte ihnen zu, sich seitwärts zu halten, wo die vorspringende Felswand den Bach abschirmte. Im nächsten Augenblick brach sie zusammen, niedergeschlagen von einer schweren Steinplatte, die sie im Bach begrub. Die Kinder standen wie versteinert da, aber Til fasste Mira sofort an den Händen und zog sie mit sich fort, vorbei am überfluteten Grabstein.

„Mira, los, komm schon, sieh nicht hin und geh mit mir."

„Aber Til, wir müssen sie doch retten."

„Komm weiter, Mira, wir können ihr nicht mehr helfen."

„Doch, wir müssen ihr helfen. Hilf mir mal, wir müssen nur die Steinplatte hochheben und sie herausziehen. Sieh mal, dort hinten ist ein Felsdach mit ganz viel Laub, dort können wir sie hinbringen, und dann müssen wir die anderen holen, denn für uns ist sie wirklich zu schwer."

„Du hast Recht Mira, wir schaffen das nicht allein, die Platte ist viel zu schwer, wir müssen sofort die anderen holen. Warum nur sind wir so weit gelaufen? Hier waren wir noch nie, hier kenne ich mich gar nicht aus."

„Du hast ja recht, ich bin furchtbar müde, und ich habe gar keine Kraft mehr. Und es regnet wieder so schlimm, dass ich schon ganz nass geworden bin. Ich halte das alles nicht mehr aus. Ich will sofort wieder nach Hause zu Ma und Pa."

„Bleib ganz ruhig, Mira. Lass uns erst etwas ausruhen, und dann holen wir die anderen, allein haben wir nicht genug Kraft. Sieh mal, da hinten im Laub unter dem Felsdach ist es bestimmt schön warm und trocken, dort können wir bis zum Morgen ausruhen und etwas schlafen."

So vergruben sie sich im raschelnden Laubhaufen und noch im Einschlafen spürten sie die Kälteschauer, trotzdem waren sie vor lauter Erschöpfung eingeschlafen.

Dem Gewitterregen folgte ein sonniger Morgen. Wallende Nebel stiegen von der Talsohle an den Hängen empor. Durch die klare Luft drang der fordernde Schrei der Raubvögel, als Til erwachte. Er rieb sich die Augen und sah die Sonnenpracht um sich her.

Dann fiel sein Blick auf Mira, sie lag noch in tiefem Schlaf, eng hin geschmiegt auf dem Boden. Ein quälendes Hungergefühl trieb Til zum Aufstehen. Seine Blicke prüften den Pflanzenwuchs der Umgebung. Da wuchsen verdorrte, stachelige Männertreustauden und Wegwarten. Wenn die ausgegrabenen Wurzeln auch mager waren, genießbar waren sie trotzdem, Hauptsache, es gab irgendetwas zu essen.

Gerade, als Til aufstehen wollte, sah er ein Reh, das aus dem Jungholz ins freie Grasland trat. Ihr folgten zwei Kitze, deren hellrotbraunes Fell noch weiß getüpfelt war. Sorglos näherten sie sich dem Beobachter. Jetzt bemerkte auch das Reh den Menschen, sie äugte neugierig herüber, und es war ganz ohne Angst.

Til durchfuhr ein einziger Gedanke: anschleichen, fangen, töten, essen! Ohne zu überlegen, wie das Wild zubereitet werden könnte, ließ er sich auf Hände und Knie nieder und begann, sich vorsichtig anzuschleichen. Er hatte Hunger, und wütenden Hunger war sein einziger Gedanke .

Unter ihm knackte plötzlich dürres Reisig. Das Reh sicherte misstrauisch. Nur ihre nach vorn gerichteten Lauscher verrieten, dass sie aufmerksam auf die Gefahr geworden war. Klopfenden Herzens und mit angehaltenem Atem kroch Til näher. Kaum fünf Schritte vor dem Reh duckte er sich zum Ansprung.

Da hörte er es heftig aufstampfen. Plötzlich schnellte es empor und schon flog sie in langen, bogenförmigen Sprüngen über das Steinfeld und setzte über den Bach, die Kitze folgten ihr im Zickzackkurs und die Jäger rannten hinterher.

Aber die Entfernung zwischen ihnen und dem Wild wurde größer. Es war unmöglich, diese Tiere mit den bloßen Händen zu fangen! Eine Waffe, einen Stein sollte man haben . Aber da lagen doch genug faustgroße Steine auf dem Boden! Im Laufen hob er einen auf und stürzte dem Wild hinterher. Er rannte sich heiß, nur von einem Gedanken beseelt: töten, töten und essen. Aber das Reh war im Vorteil. Es flog nur gelenkig über den Boden dahin, zum Waldrand, die Zweige rauschten, und fort war es, den Blicken des Verfolgers entschwunden.

Til stürzte in das Dickicht hinterher und prallte mit einem Aufschrei zurück. Eine Brombeerranke hatte ihm das Gesicht zerkratzt, und von der tiefen Schramme, die über Nase und Wangen führte, lief das Blut. Der Stein fiel aus seiner Hand, und Til sah nur noch hinterher, dann wandte er sich zum Gehen.

Mit hängendem Kopf kehrte der Jäger auf seinen Spuren zurück. Unterwegs wusch er seine Wunde im Bach und schlenderte missmutig zwischen den hohen Pflanzen am Bach. Aber trotz der schmerzenden Wunde begann er wieder, seine Umgebung aufmerksamer zu mustern. Der knurrende Magen schärfte seine Augen. Auf dem feuchten Hang über dem Fels entdeckte er einige schrumpelige Heidelbeerstauden, die der letzte Herbst übriggelassen hatte; mit beiden Händen stopfte er sich die herbsüßen Früchte in den Mund.

Als sein ärgste Hunger gestillt war, begann Til für Mira Beeren zu sammeln. Aber worin sollte er die Beeren mitnehmen? In die hohle Hand passte nicht viel. Vor ihm stand eine Klettenstaude. Schnell pflückte er eines der großen Blätter, steckte die Blattränder mit einem Zweig zu einer Tüte zusammen und füllte sie bis zum Rand.

Als er damit wieder unter dem Felsendach anlangte, schlief Mira immer noch mit blassem Gesicht. Als er sie ansprach, gab sie zuerst keine Antwort und sah an ihm vorbei ins Leere. „Sie wird noch müde sein«" murmelte er enttäuscht vor sich hin. „Wie kann man nur so lange schlafen."

Dann machte er sich wieder auf die Suche nach etwas Essbarem. Als er wieder zurückkam, lag Mira immer noch schlafend da. Er berührte sie vorsichtig an der Schulter, da fuhr sie erschrocken auf.

Dann sah sie Tils zerschundenes Gesicht. "Oh, Til, wie siehst du denn aus? Hast du etwa mit einem Bären gekämpft?"

„Ich war in eine Brombeerhecke geraten, denn ich wollte ein Reh fangen. Und das habe ich dir mitgebracht," Und er reichte Mira die Tüte mit den Beeren.

Gierig aß sie davon, und dann erhob sie sich. „Aber wo ist Soran geblieben, warum ist sie nicht da?

Ach ja, wir hatten uns verlaufen und im Bach da oben wurde sie von einer großen Platte erschlagen. Ob sie wirklich ganz tot ist? Das kann ich eigentlich gar nicht glauben. Komm, wir versuchen erst mal, die Platte zu entfernen. Vielleicht lebt sie doch noch? Los, fass mit an. Oh, die Platte ist viel zu schwer, es geht nicht, wir müssen die Großen holen."

Beide versuchten trotzdem vergeblich mehrmals, die Leblose an den Armen zu rütteln. Als sie die Vergeblichkeit erkannten, setzten sich die beiden neben sie und weinten. Wo waren nur Pa und Ma? Warum kamen sie nicht endlich zur Hilfe?

Til fasste sich zuerst und er wusste sofort, dass er die Tote nicht den Raubtieren überlassen durfte. Also machte er sich an die Arbeit, die Tote mit großen Geröllplatten zu begraben, aber er kam nicht weit damit. Seine Hände waren zu schwach und der Geröllboden war zu hart. Da entschloss er sich, die Alte dort zu bestatten, wo sie lag. Er begann, noch mehr Steine herbeizutragen und schichtete sie rings um den Leichnam auf.

„Was tust du denn da?" fragte Mira verstört.

Wir müssen die Alte hier sofort begraben, es geht nicht anders. Oder soll sie etwa von den Füchsen und den Geiern aufgefressen zu werden? Sieh mal, da oben kreisen sie schon über uns und wir können nichts gegen sie tun."

Wieder begann Mira laut zu weinen, dann machte sie aus etwas dürrem Heidekraut ein Sträußchen und steckten es der Toten zwischen die starren Finger und die leeren Augen deckte sie mit Blättern zu.

Endlich war der ganze Körper mit Steinen abgedeckt. Til sprach leise ein Abschiedswort, dann versagte seine Stimme. Stumm kauerten sie noch eine Weile am Grab, dann machten sie sich auf den Rückweg. „Wir müssen irgendwie wieder zu Pa und Ma zu den anderen zurückfinden.

Bachaufwärts stolperten sie über klobiges Geröll und drangen in dichtes Buschwerk ein. Nur langsam kamen sie voran zwischen Hasel-, Weiden- und Weißdornbüschen, die stellenweise von Waldreben dicht umsponnen waren.

Eine alte, hochstämmige Wetterfichte überragte den Fels, an dessen sonnenwarmem Fuß üppige Stauden von Kornelkirschen, Brombeeren und Himbeeren wucherten. „Den sonnigen Stein wollen wir uns merken", meinte Til und zeigte auf den Felsen.

„Ja, die können wir essen," riefMira und zeigte auf die Brombeerstauden, die den feuchten Bachrand säumten. In großen Trauben hingen die blauen Beeren zum Wasser nieder und versprachen eine reiche Ernte. „Ja, das hier ist ein guter Platz, den müssen wir uns gut merken, den werden wir nachher den Großen zeigen."

„Aber wir müssen sie erst mal wiederfinden und zurücklaufen." Sie liefen weiter, bis das Wasser der beiden Bacharme so seicht war, dass sie auf die andere Seite waten konnten, wo der spärlich bewachsene Boden eines Steinfeldes das Weiterkommen erleichterte.

„Hier sind wir noch nie gewesen, hier sieht alles so fremd aus. Meinst du, dass wir hier jemals wieder den Weg zurückfinden werden?"

„Klar, mach dir keine Sorgen, wir müssen immer der Sonne nach gehen, und jetzt steht sie genau über uns, das ist doch ganz einfach."

„Til, warte mal, ich komme nicht mehr nach," schnauft Mira, dann bleibt sie erschrocken stehen, als sie ein Rascheln im dürren Laub des Ufergebüsches erschreckt, und entsetzt starrt sie einer fast schwarzen Haselmaus hinterher, die durch das kurze Gras rennt und raschelnd im Boden verschwindet.

Sie betreten einen uralten, düsteren Nadelwald, der ihnen den Ausblick auf die dahinter aufsteigenden Felswände nimmt. Zwischen starken Fichtenstämmen liegen gestürzte Baumriesen, die morsch und von Moos überwuchert kreuz und quer liegen. Die Füße der Vorwärtsstapfenden versinken im feuchten Modder und dem schwellenden Torfmoos, während ihre Wangen an die üppigen Wedel mannshoher Adlerfarne streifen. Ringsum ist Totenstille, kein Geräusch tönt aus den hohen Baumkronen und ein atembeklemmender Modergeruch breitet sich aus.

Das Bachbett wurde steiler und der Bach lauter. Noch wenige Schritte, und die Kinder standen gebannt vor einem Felsentor, es war der Ausgang einer fremden Grotte. Und die ganze Breite des Höhlentors nahm eine spiegelglatte

Wasserfläche ein, deren tiefes Grün zum Hintergrund hin in Schwarz überging. Still war's drinnen im Berg, als dehnte sich die regungslose Wasserfläche weit ins Erdinnere.

Sie waren in einer Höhle, aber die war ihnen völlig fremd und gehörte ganz dem Bach. Und Til wagte es nicht, in der Dämmerung der Höhle ohne Feuer weiterzuforschen, denn Pa hatte ihnen von Bären erzählt, die in solchen Höhlen hausen würden.

Schon war die Sonne hinter den Klammwänden verschwunden, und plötzlich wehte ein eiskalter Wind. Die Kinder sahen sich verzagt an. Sie mussten doch irgendwo noch einmal übernachten, wo sie vor der Kälte geschützt waren; denn sie kannten die Nächte im Gebirge. Und Til sah Miras Augen feucht glänzen vor Bangigkeit.

Darum wandte er sich wieder dem Wald zu. Ohne lange zu suchen, fand er in der Nähe der Felswand eine riesige Buche, deren Stamm über dem Boden eine Höhlung zeigte, groß genug für Mira, dass sie sich darin zum Schlafen zusammenkauern konnte. Aus Laub und Gras machte er ihr ein Nest und forderte sie auf, sich in die Höhlung zu ducken. Zögernd gehorchte Mira. „Es ist aber kein Platz mehr da, und wo willst du schlafen?" fragte sie weinerlich.

Er selbst kroch unter ein Gebüsch am Fuße der Buche, über dessen Zweige sich ein dichtes Gewinde von Waldreben gesponnen hatte. Hier häufte er dürres Laub als Lager und Decke für sich auf. Das war für Mira eine Beruhigung. Lange flüsterte er noch zu ihr hinüber und versprach ihr, morgen ganz gewiss wieder in ihrer Heimathöhle zu sein.

Til fror erbärmlich, obwohl er sich tief in das Laub eingewühlt hatte, hielt ihn die zunehmende Nachtkälte wach. Er horchte den unerklärlichen Geräuschen und Stimmen des Waldes nach. Ganz nahe bei ihm krabbelte allerlei im Laubwerk, und aus dem Wald drangen von Zeit zu Zeit, das Raunen der Baumkronen und das Rauschen des Baches übertönend, unheimliche Rufe, bald ein tiefes „Pu-hu!", bald ein hohles, gedehntes „Hu-hu! Hu-hu-huu!" –, das in ein Weinen, Wiehern, Lachen und Jauchzen überging.

Ihnen standen die Haare zu Berge. Er kannte nicht das Locklied der Waldohreule, und seine Phantasie bevölkerte plötzlich den Wald mit märchenhaften Unholden. Dazu kam seine nicht unberechtigte Angst vor Bären und anderen großen Tieren.

Til stand leise wieder auf, tastete vorsichtig den Boden ab und fand bald einen scharfkantigen Stein, den er als Waffe gebrauchen wollte. Den wollte er dem Bären mitten auf die Schnauze schlagen, wenn er auftauchen würde. Doch je mehr er sich in den ungleichen Kampf hineindachte, umso geringer wurde seine Zuversicht – ja, er begann am ganzen Körper zu zittern, als vom Walde herüber das Knistern zerbrechenden Reisigs zu ihm herüberdrang. Was mag da wohl alles nachts unterwegs sein, war das ein Freund oder ein Feind?

Nie im Leben hatte er solche Angst ausgestanden. Sooft er früher im Wald übernachtet hatte, war ihm immer sicher zumute gewesen. Er dachte kurz an die Tote und er wurde ruhiger, und als sich das Geräusch in der Ferne verlor, löste sich die Angst und er schlief sofort ein.

Ein nagender Hunger weckte Til im Morgengrauen. Er fuhr sich über die Augen und reckte die steifen Glieder, kroch dann unter dem Busch hervor und schüttelte das anhaftende Laub von sich ab. Das Rauschen des nahen Baches und die verschwommenen Umrisse der Bäume im Morgennebel erinnerten ihn an schlaglichtartig an die Ereignisse des Vortags.

Langsam wurde es heller. Von den armlangen Bartflechten der Fichten tropfte der Tau, eine prickelnde Kühle lag in der Luft. Behutsam beugte sich Til über Mira. Sie schlief noch. Er mochte sie nicht wecken. Aber er selbst musste fort; denn wenn sie aufwachte, wollte sie ganz bestimmt etwas zu essen haben.

Ein brennender Schmerz am rechten Unterarm ließ ihn zusammenzucken, er sah nach und fand eine Zecke, wie sie im dürren Laub häufig sind; sie hatte sich in seine Haut gebohrt. Er wusste ziemlich gut, dass er den Körper dieses Blutsaugers nicht losreißen durfte, weil sonst Kopf und Füße unter der Haut stecken geblieben wären und eine böse Wunde verursacht hätten.

Til griff zum Heilmittel für allerlei Hautübel: Ein Tropfen gelbes, halbflüssiges Fichtenharz auf das Tier gestrichen, musste es zum Absterben und Abfallen bringen. Er nahm sich vor, demnächst mit Salbei und gelbem Labkraut das Ungeziefer von seinem neuen Lager fernzuhalten.

Bis zu den Knien stieg er in die kalte, klare Flut des Baches. An zwei große Felsbrocken, die aus dem Wasser ragten, schob er einen dritten, so dass er, von einem zum anderen springend, den Bach überqueren konnte.

Drüben schlenderte er die Berglehne entlang, musterte den spärlich bewachsenen Boden und fand noch verdorrte Blattsterne der Eberwurzdisteln, die hier verstreut wuchsen. Ihre milchreichen Blütenböden hatten ihm immer sehr gut geschmeckt. Ihre silbrig glänzenden Schöpfe ragten wie dicke Knospen aus dem Strahlenkranz der stachligen Blätter hervor.

Mit dem Zeigefinger bohrend und schabend bemühte er sich, eine der Pflanzen aus dem karstigen Boden zu holen. Es ging nicht. Die Pfahlwurzel steckte viel zu tief zwischen dem Gestein, und die stachligen Blätter ließen sich mit bloßen Händen nicht anfassen. Er sah sich nach etwas Scharfem um.

Unter den Bruchstücken lagen kristallartige Kalkstücke in Mengen herum, darunter fanden sich auch kantige Stücke, die aussahen, als wären sie von Menschenhand zugerichtet worden. Was ihnen an Schärfe abging, musste der Druck der Hand ersetzen. Bald lag ein Dutzend Eberwurzen vor Til, genug zum Frühstück für sie beide. Auf einer Felsplatte drückte er mit einem groben Steinwerkzeug erst die Blätter ab, dann schabte er die geschlossenen Blütenblätter von ihren fleischigen Böden.

So fand ihn Mira, die langsam herankam, als ob ihr das Gehen schwerfallen würde, denn sie hatte ihn schon vermisst.

„Na, Mira, du Faultier, hast du endlich ausgeschlafen?" begrüßte er sie, „was schleichst du denn so seltsam herum?"

»Mir tun die Füße so weh, ich glaub', sie sind geschwollen, und ich habe richtigen Hunger. Hast du etwas zu essen für mich?"

„Da sieh mal, dein Frühstück wartet schon auf dich. Dass du geschwollene Füße hast, ist kein Wunder; weißt du, wie lang du schon deine Schuhe anhast? Nacht und Tag und Nacht. Zieh sie aus und stecke die Füße einfach ins Wasser, da wird's dir gleich leichter werden."

Mira ging zum Bach und steckte fröstelnd die Füße ins Wasser, doch bald schon kam sie zurück, barfüßig und weinend. Die Schuhe hatte der Bach fortgetragen, ganz weit fort tanzten sie auf den Wellen, tauchten kurz unter und waren verschwunden.

„Na, deswegen brauchst du nicht weinen, schau mich an", tröstete Til, „ich habe schon seit dem vorigem Winter keine Schuhe mehr an."

Tröstend steckte er ihr eine Scheibe Eberwurz in den Mund. Die Sonne war indessen aufgegangen, und der Nebel löst sich langsam vom Boden. Die Kinder beobachteten zwei Gebirgsbachstelzen, die mitten in der Gischt des Wassers auf den überfluteten Steinen hin und her trippelten und mit den langen Schwänzchen wippten. Gespannt sahen sie, wie ein anderer Vogel im Fluge in den Bach stürzte und nach dem Tauchen sofort von der Wasserfläche aufflog und in den Büschen verschwand. Wahrscheinlich ist dort das Nest und ihre Jungen.

Obwohl Til und Mira noch lange nicht satt waren, nahmen sie die Suche nach ihrem Sommerlager und ihrer Familie wieder auf. Wie groß war ihre Überraschung, als sie plötzlich vom Ufer aus jenseits des Baches vor einer h standen. So nah waren sie ihrer Höhlen schon gewesen! Da ist bestimmt ihre Heimatöhle!

Til sah sich nach einer seichten Stelle um, nahm Mira huckepack auf und watete durch die Furt. Durch taunasses Buschwerk und hohe Farnkräuter, über Geröll und umgefallene Baumriesen ging er direkt auf die Höhle zu.Aber die Höhle war leer, und es war niemand dort, und sie sahen nirgendwo eine

Feuerstelle und nirgendwo roch es nach Rauch. Und es war auch kein Steigbaum unten, ob sie ihn hochgezogen hatten? Wo waren sie nur alle abgeblieben?"

Mit klopfendem Herzen betrat Til die Höhle. Sein erster Gedanke war, dass Bären. hier gewesen wären, die die Familie überwältigt und weggeschleppt hätten. Aber der Lehmboden zeigte keine Tatzen-Abdrücke, und die Höhle war leer, nur etwas vermodertes Laub war vom Wind hereingeweht worden.

„Hier ist keiner mehr, aber das sieht hier alles so anders aus, aber das ist ja gar nicht unsere Heimathöhle, das hier ist eine ganz andere Höhle." rief Til und sah sich sprachlos um, dann ging er mit wenigen Schritten wieder zum Höhleneingang und sah hinaus.

„Pa, Ma, wo seid ihr alle geblieben? Warum haben die nicht auf uns gewartet? Die können doch nicht einfach ohne uns weggegangen sein!"

Eilig kletterte sie den steilen Abhang empor und stand, von Til hinaufgezogen, im Nu neben ihm an der Höhlenöffnung. Ohne den schmutzbedeckten Boden zu betreten, meinte sie plötzlich zögernd "Til, wo sind sie alle geblieben? Aber das ist gar nicht unsere Höhle, die sah irgendwie ganz anders aus. Und wo ist das Sommerlager? Sie können es doch nicht abgebaut haben und die können doch nicht einfach ohne uns weggegangen sein?"

Auf der dünnen Sinterschicht der Wände lag ein Hauch von Ruß; nur wo der blättrige Sinter abgebröckelt war, schimmerte der helle Kalkfels hervor. Nach links hin hob sich der Boden. Dort führte ein schmaler Spalt aufwärts zu einer zweiten Höhle. Ein anderer Gang senkte sich rechts zu einem Quellsee, aus dem der Bach nach draußen zu einem kleinen Wasserfall kam. Dieser Teil der Höhle war dunkel und kalt. Der linke aufsteigende Gang verengte sich zu einem schmalen Schlot.

„Til, das hier ist eine ganz andere Höhle, aber bis morgen früh werden wir hierbleiben müssen, denn die Sonne geht schon unter. Und morgen werden wir weitersuchen, die anderen können gar nicht weit weg sein. Warum nur kann ich mich gar nicht erinnern, wo wir vorhin überall hergelaufen sind?"

„Ja, wo sind sie alle geblieben? Hier drinnen gibt es überhaupt keine Feuerstelle."

„Aber warum haben wir die anderen nur verloren? Wir müssen sie sofort suchen, denn allein werden wir nicht überleben können."

Die beiden Kinder waren sich plötzlich ihrer Verlassenheit bewusst geworden. Mira begann plötzlich, laut zu weinen, aber Til umarmte sie tröstend. „Wir werden sie bald wiederfinden, glaub mir, und bis dahin brauche ich aber deine Hilfe, wir werden es schon schaffen, irgendwie werden wir überleben, und dann ist alle Not vorbei. Ich bin doch schon fast ein Mann und ich bin stark."

Eine Taube flatterte erschreckt hoch und verschwand nach draußen. „Oh, Til, sieh mal, da ist ein Nest und es sind sogar Eier drin." Mit ein paar Schritten ging Mira zum Nest und mit geschicktem Daumendruck öffnete Mira ein Taubenei und wollte es an die Lippen führen und austrinken. Aber es war schon bebrütet. Ein zusammengekauertes Vögelchen mit übergroßem Kopf und plumpen Füßen lag schlummernd darin. Enttäuscht warf sie es weg. Mehr als die Hälfte der Eier war in diesem Zustand, also waren die meisten ungenießbar. Zum Glück konnte man wenige ausschlürfen.

„Weißt du Til, was dazu gut gewesen wär'?" meinte Mira, als sie ihr letztes Ei geschlürft hatte.

„Na klar weiß ich's – das Salz fehlt. Aber das ist im Rucksack, und es muss erst zerstoßen werden, bis man es essen kann."

„Ti, ich verstehe das einfach nicht. Wo mögen nur die anderen alle geblieben sein? Sieh mal, es wird schon bald wieder dunkel und wir haben sie immer noch nicht gefunden. Wir müssen hier übernachten und morgen dann unsere Leute weitersuchen."

Til war sofort einverstanden. „Und wenn ein Bär kommt, kriegt er's zuerst mit mir zu tun, ich haue ihn einfach auf die Schnauze, denn ich habe einen dicken Ast gefunden." Er sagte dies ziemlich zuversichtlich, aber innerlich war ihm nicht recht wohl dabei.

„Zuerst müssen wir ein Schlaflager bauen." Dazu war viel Reisig, Laub und Moos nötig, also Dinge, die nur der Wald liefern konnte. Sie kletterten über ein ausgetrocknetes Bachbett und liefen über einen schmalen Wiesenstreifen an den Waldrand.

Während Mira mit den Händen Laub zusammenrechte und Moos vom Boden löste, stöberte Til im Jungholz, brach dichtbelaubte Buchen- und Eschenzweige ab und sammelte einige Kräuter, die ins Lager eingelegt werden, um das Ungeziefer fernzuhalten und das Lager locker zu machen.

Die Sonne stand schon tief am Himmel, ihr Licht fiel in die Höhle; von außen drang der warme, würzige Duft der Fichtenwipfel herein und tröstlich war das Zwitschern der Meisen und Girlitze in den Baumkronen.

Als die beiden sich nach getaner Arbeit in die Lichtluke lehnten, erblickten sie auf dem untersten Ast eines Ahorns ein graues Eichhörnchen, das von einem nahen Zweige die Kieferzapfen erntete und mit seinen Nagezähnen flink öffnete. Die ausgekörnten Samenflügel ließ es hinunterwirbeln.

Til lag die Sorge für das nächste Essen näher als das Treiben des zierlichen Tierchens, das, knapp zwei Armlängen vor ihm, leicht erreichbar schien. Mit einem faustgroßen Stein traf er es so wuchtig im Genick, dass es sofort tot zu Boden stürzte.

Das Abhäuten der Beute aber machte Schwierigkeiten. Nach einigen Versuchen gab es Til vorläufig auf und verwahrte seine Beute unter einer Steinplatte im Hintergrund seiner Höhle. Er musste einen Hartstein finden, der wie ein Fuchszahn die Haut zerschneiden konnte. Aber je länger er nachdachte, umso stärker drängte sich die Frage auf: Wie sollte er schneiden, womit sich und Mira gegen die Bären verteidigen? Er hoffte, im Geröll auf einen scharfen Hartstein zu stoßen.

Aber scharfkantige Steine gab es hier nicht; alles war vom im Rollen im Wasser rundgeschliffen worden und musste von weither aus dem Berg stammen. Diese runden Steine drängten sich höchstens als Wurfgeschosse auf.

Spielend nahmen die beiden einzelne Steine in die Hand, zielten auf herumliegende Felstrümmer und freuten sich, wenn die geworfenen Steine beim Aufschlag in Splitter zersprangen. Mit solchen Splittern beschäftigte sich Mira eine Weile und warf sie dann weg.

An einem spannenlangen, blattdünnen Stück, das schaligen Bruch zeigte, fiel ihr die schöne grünliche Färbung, die Glätte und Schärfe der Ränder auf. Die Form dieses zufällig scharfgewordenen Splitters verlockte geradezu, seine Schneidefähigkeit zu prüfen. Noch immer spielend, köpfte Mira damit Disteln und Kletten.

Da sprang Til auf sie zu, nahm ihr den Steinsplitter aus der Hand und versuchte ihn zunächst an seinem Daumen und dann an einem Stück Schwemmholz. Der Stein schnitt viel besser, als es Til gehofft hatte.

Eifrig forderte er die erstaunte Mira auf, weiter fleißig nach solchen Steinen zu suchen, er brauche sie dringend. Und Mira ging weiter, um ein anderes Gebiet zu durchstöbern.

Jetzt fielen auch Til genug Hartsteinknollen auf, schöne glatte Steine, die einen braun, andere rot, wieder andere grünlich, schwärzlich, gelblich und hornfarben. Stücke waren darunter so groß wie Männerfäuste, manche sogar von der Größe eines Kinderkopfes.

Alles, was er davon in den Armen tragen konnte, schleppte er mit sich. Neben einem Felsblock legte er seine Ausbeute an Hartsteinen nieder und machte sich daran, sie zu bearbeiten. Er schleuderte einfach jeden Knollen mit aller Kraft gegen den Fels und las dann die weitverstreuten Bruchstücke auf. So entstanden durch Zufall allerlei Brocken und Splitter und sie waren sofort gebrauchsfertig. Da gab's längliche Stücke mit schneidenden Rändern, andere mit langen, scharfkantigen Spitzen, und flache, die sich leicht zwischen Daumen und Finger halten ließen, wenn es etwas zu schaben gab; aber auch grobe, keilförmige Fauststücke zum Hauen und Hacken waren dabei.

Kein Wunder, dass ihn die Formen der Stücke überlegen ließen: Wozu taugen sie am besten? Manche brauchte er nur in die Hand zu nehmen, und schon fühlte er sich versucht, damit zu hauen, zu stechen, zu bohren oder zu schneiden.

Tils Freude über die reiche Ausbeute an Hartsteinbrocken war so groß, dass er, ein faustgroßes Stück aus schieferigem Quarz in der Rechten schwingend, wie ein Wilder herumsprang, drohende Schreie ausstieß und nach allen Seiten in die Luft stach, als hätte er es mit einer Schar Feinde zu tun. Mira schrie ihn an: „Til! Til! Was hast du denn? Hast du Rauschpilze gegessen?"

„Jetzt haben wir richtige Waffen, Mira. Jetzt können wir alles schaffen und alles überleben. Warte mal, bald haben wir wieder genug zu essen, ich kann für uns beide sorgen, und zusammen werden wir es wirklich schaffen- Und die Großen werden staunen, wenn sie uns wiederfinden."

„So, aber jetzt werden wir erst mal schlafen, hoffentlich ist es nicht zu kalt im Laub. Morgen werden wir erst mal Feuer machen, dann kann uns gar nichts passieren. Und morgen werden wir sie ganz bestimmt finden, das kannst du glauben, ganz bestimmt."

„Ja, ich bin ganz müde, und ich habe Hunger für drei."

„Morgen, Mira, morgen werden wir ganz bestimmt etwas essbares. So, jetzt musst du aber schlafen, sonst wirst du ganz schlapp und müde, und dann kannst du überhaupt nicht mehr weiter."

„Til, wo bist du? Ich habe Angst so allein und mir ist so kalt."

„Hier bin ich, ach Mira, versuch doch etwas zu schlafen, morgen früh werden wir bestimmt unser Lager finden, dann ist alles wieder gut, aber jetzt schlaf noch etwas, es ist noch ganz dunkel draußen.“

„Ich kann aber nicht mehr schlafen, wenn es so kalt ist, kannst du denn kein Feuer machen, damit es wärmer wird?“

„Mira, du bist doch kein kleines Kind mehr, lass mich noch etwas schlafen, gleich gehen wir wieder los.“

„Und ich habe schrecklichen Hunger.“

„Ich auch Mira, ich auch, aber du musst noch etwas schlafen. Gib jetzt endlich Ruhe bis es hell wird.“ Eine Weile ist Mira ruhig, aber dann steht sie doch auf und geht vorsichtig zum Höhleneingang, der Himmel verfärbt sich und bald wird es hell sein. Der Bach rauscht leise, dort wachsen einige Büsche, dort werden sie gleich weiterlaufen können. Heute werden sie wieder bei ihren Eltern sein, ganz bestimmt.

Ach, und die alte Soran ist tot, irgendwo da hinten im Bach liegt sie unter einer Steinplatte begraben. Wie mag das wohl sein, wenn man tot ist? Was passiert dann mit ihr? Das wird sie Ma zuerst fragen, wie es ist, wenn man tot ist.

„Komm, steh doch endlich auf, draußen ist es schon ganz hell, heute werden wir unsere Leute ganz bestimmt wieder finden, ich fühle es ganz genau.“

„Wie, du fühlst es? Das Sommerlager kann man nur finden, und nicht fühlen. Vielleicht suchen uns schon Ma und Pa.“

„Ja, wir gehen immer am Bach entlang, das hier muss der richtige Bach sein, der an unserem Lager vorbeiführte. Vielleicht können wir zwischendurch sogar ein paar Fische fangen und im Feuer braten?“

„Nein, Mira, wir müssen erst unser Lager finden, erst dann sind wir endlich in Sicherheit.“

„Du hast ja recht, aber ich habe jetzt schon solchen Hunger.“

„Na, dann gehen wir eben jetzt sofort los, aber den Rucksack mit dem Salz werde ich zurücklassen, der ist mir viel zu schwer geworden, den kann man ja später holen.“

Sie laufen den ganzen Morgen, bis ihnen die Landschaft endlich bekannt vorkommt. „Til, hier kenne ich mich aus, da hinten ist unsere Höhle, und da hören sie endlich den Ruf ihres Vaters, der ihnen aufgeregt am Bach entgegengelaufen kam. „Da seid ihr ja endlich, wieso wart ihr so lange weg? Wir haben uns so viel Sorgen gemacht. Und wo ist Soran? Und habt ihr das Salz mitgebracht?“

„So viele Fragen auf einmal,“ sagt Mira lachend und fällt ihrem Vater um den Hals. „Ich bin ja so froh, endlich wieder bei dir zu sein. Aber ich habe so viel Hunger und ich bin ganz fertig.“

„Wir sind so froh, dass ihr wieder zurück seid. Ma ist schon ganz verrückt geworden, Mira, lauf schon mal vor und beruhige sie. Aber wo ist das Salz? Und wo ist Soran?“

„Soran ist von einer Platte erschlagen worden, sie ist tot. Und in einer Höhle gar nicht weit weg von hier liegt der Rucksack mit dem Salz, den ich nicht mehr allein tragen konnte, aber Mira wollte unbedingt sofort zuerst wieder nach Hause.“

„Ach, ich bin jetzt Schuld? Und du hast alles richtig gemacht?“ mault Mira.

„Nun streitet euch nicht, lass uns erst mal zu Ma gehen, sie hat sich schon so viel Sorgen gemacht, sie wollte schon letzte Nacht losgehen, um euch zu suchen. Ich bin ja so froh, euch heil und gesund zu sehen. Los, Mira, lauf los.“

Bis zu ihrer Wohnhöhle war es gar nicht mehr weit gewesen, und als Ma anfangen wollte, zu schimpfen, rannte Mira auf sie zu und umarmte sie heftig.

„Ma, ich habe solche Angst gehabt, dass wir den Weg nicht mehr zurückfinden, aber Til war ein guter Beschützer, und jetzt habe ich einen Riesenhunger, hast du was essbares da?“

„Ach Mira, meine Kleine, ich bin ja so froh, dass du wieder da bist, ich hatte dich schon so vermisst. Du musst mir alles genau erzählen was passiert ist. Und warum ist Soran tot? Konntet ihr sie nicht mehr retten?“

„Es ging alles so schnell, die Platte kam einfach runter, und man konnte gar nichts tun. Sie war einfach viel zu schwer für uns.“

„Ach, meine Arme, aber Pa hat gestern eine Überraschung für dich mitgebracht.“

„Überraschung? Was ist es denn? Aber ich habe erst mal schrecklichen Hunger, ich muss unbedingt etwas essen.“

„Du hast zwei neue Spielkameraden bekommen, die hat Pa vor ein paar Tagen von der Jagd mit heimgebracht.“

„Aber Ma, ich bin doch kein kleines Kind mehr, ich bin schon groß, und ich brauche nichts mehr zum spielen. Was ist es denn? Etwas niedliches?“

„Du wirst dich bestimmt freuen, Mira. Die Wölfin war nicht mehr in die Höhle zurückgekommen und die beiden Kleinen lebten noch und weinten vor lauter Hunger.

Da hatte Pa sie in seinen Rucksack gesteckt und einfach für euch zum Spielen mitgenommen. Und sie sind schon ganz zahm geworden, denn Hunger ist immer noch der beste Lehrer. Sieh mal, da kommen sie schon angelaufen, die sind ja so neugierig und die haben immer Hunger, genau wie ihr."

„Sind die süß, die sind ja noch ganz klein. Was bekommen die denn zum Fressen? Mensch Ma, essen, ich habe ganz schrecklichen Hunger, ich kann es schon gar nicht mehr aushalten."

„Du bekommst gleich deinen Brei, und dann drückst du den beiden auch etwas davon vom Finger direkt ins Mäulchen, das lecken sie ab, denn Muttermilch kann ich ihnen leider nicht geben. Aber pass auf, dass sie nicht zubeißen, denn sie haben schon kleine spitze Zähnchen."

„Oh, das kitzelt aber, die nuckeln richtig an den Fingern, die sind ja wirklich noch sehr klein, die vermissen bestimmt ihre Ma."

„Ja, du wirst den Kleinen noch eine Menge beibringen müssen, bis sie groß geworden sind, und dann können sie uns bei der Jagd mithelfen."

„Haben sie schon Namen bekommen?"

„Nein, aber du kannst sie Wif und Waf nennen, denn das sind nämlich die ersten Geräusche, die sie von ihrer Mutter gelernt haben. „So, aber jetzt erzähl mir zuerst mal, was mit Soran passiert ist. Wo wart ihr so lange geblieben? Hattet ihr euch verlaufen?"

„Ach Ma, es war so schrecklich, denn mitten im Unwetter mussten wir durch das Tal mitten im wilden Bach gehen, und da kam eine riesige Steinplatte vom Berg herunter und hat sie erschlagen, direkt vor meinen Füßen, und wir konnten nichts mehr für sie tun.

Dann kamen schon die Geier und wollten sie anfressen, also konnten wir nur noch mehr Steine holen und sie besser begraben, und ich habe ihr einen kleinen Strauß Blumen zum Abschied gepflückt. Ach Ma, wir konnten gar nichts mehr für sie tun und ich bin jetzt so traurig, ich habe sie doch so liebgehabt.."

„Ja, wir sind alle sehr traurig darüber. Aber am meisten bin ich froh, dass Du wieder bei mir bist. Du hast alles richtig gemacht, meine Kleine, komm her und lass dich drücken, jetzt bist du wieder bei mir und alles Böse ist vorbei. "

„Aber Ma, ich bin doch kein Baby mehr."

„Nein, meine Mira,, du bist schon so groß geworden, und du hast alles richtig gemacht. Pa und Til werden morgen früh zum Grab gehen und es noch mehr befestigen, und wir werden sie nie vergessen, denn sie hat uns ja die Kleine, mein Sonnenscheinchen geschickt. Hauptsache ist aber, dass du wieder gesund zurückgekommen bist und ihre Seele wird immer auf dich aufpassen."

„Ach ja, wo ist die Kleine? Ich habe sie noch gar nicht gesehen."

„Du wirst staunen, gestern konnte sie schon die ersten Schritte laufen, und da müssen wir umso mehr aufpassen, damit sie nicht dem Feuer zu nahe kommt. Sieh mal, da ist sie schon, sie kann sogar schon Ma sagen. Sie wird später mal eine Schönheit, denn ihre Haare sind ganz hell."

„Ich habe auch schon einen Namen für sie, heute abend kommt der Schamane und sagt ihren Namen, und der gilt dann für immer."

„Ma, wie meinst du das?"

„Es ist doch nicht unser Kind, es ist ein fremdes Wesen mit einem eigenen Namen, den wir nicht kennen, und daher müssen es wir als unser eigenes annehmen und liebhaben, sonst kommt ein fremder Geist und holt es wieder weg."

„Nein, das soll niemals geschehen, ich werde immer gut auf sie aufpassen. Aber jetzt habe ich Hunger, ich brauche dringend etwas zu essen."

Endlich ist der Schamane eingetroffen, es ist schon fast dunkel geworden Als Mira ihn sieht, erschrickt sie zutiefst, denn er trägt einen Hyänenschädel auf dem Kopf und an seinem Mantel klappern seltsame Gegenstände. Er scheint sie zu übersehen, denn er überhört ihren schüchternen Gruß-

Unwirsch tritt er das Feuer aus, dann schlägt er die Glutreste mit einem Tannenzweig aus, die aromatische Wolke verteilt sich durch die ganze Gegend, so dass Mira heftig niesen muss.

„Du Kind, störe nicht die heilige Handlung, du sollst so lange schweigen." Fährt er sie böse an, und automatisch versteckt sie sich ängstlich bei ihrer Mutter, die sie beruhigend streichelt, dann legt sie ihr vorsichtig ihre Hand auf ihren Mund, und Mira gehorcht sofort.

Der Schamane nimmt das Kind auf, das vor Schreck starr geworden ist, und streicht ihm etwas von der Asche ins Gesicht. Das gefällt ihm überhaupt nicht, und es verzieht unwillig sein Gesichtchen, und als er dem Kind ein schwarzes Kreuz auf die Brust malt, beginnt es laut zu schreien.

Er wiegt es über dem qualmenden Feuer vorsichtig hin und her, jetzt wird es still und sieht den Schamanen überrascht mit seinen riesigen hellblauen Augen an. „Der große Geist gab ihm den Namen seiner Mutter, den wir nicht kennen, aber sie wurde von Soran gerettet, darum soll es jetzt Soran heißen, denn ihr guter Geist schwebt über ihr, Soran ist zurückgekommen und mitten unter uns."

„So soll es sein," sagte Pa feierlich und nahm das Kind liebevoll in seine Arme. Du bist Soran, du gehörst jetzt für immer zu unserer Familie, die alte Soran ist zu den ewigen Göttern gegangen, und ich träumte von ihr, sie sagte, ich soll immer gut zu der Kleinen sein."

„Ja, wir werden alle gut zu der Kleinen sein. Schamane, alter Mann, wir danken dir und wir möchten dir etwas zu trinken und zu essen anbieten, ich habe einen Biertrunk gebraut. Nimm und erfrische dich."

Der Schamane nimmt einen tiefen Schluck, dann wischt er sich den Mund ab, dreht sich um und ist mit ein paar Schritten im Wald verschwunden.

„Lasst uns schlafen gehen, es war ein langer Tag, und morgen früh wollen wir zum Fischen gehen, ich habe schon die ersten dicken Lachse gesehen.
Ma, sind die Netze fertiggeworden?"

„Nein, nicht ganz, ich werde die ganze Nacht weiter flechten müssen."

„Aber Ma, ich bin doch auch da, ich kann dir helfen, außerdem hatte ich vor ein paar Tagen welche geflochten, die sind zwar nicht so groß wie deine, aber ich kann damit sehr gut umgehen."

„Ja, du bist wirklich mein großes Mädchen, morgen früh geht es los, da werden wir eine Menge Fische fangen.

Die Sonne war noch nicht aufgegangen, und im ersten Morgenlicht zieht die Truppe mit den schweren Netzen los. „Heute werden wir viele Lachse fangen, dann werden wir viel zu essen haben. Ich freue mich schon drauf."

Sie brauchen nicht lange zu gehen, als sie den schäumenden Fluss schon von weitem hören können.

Til geht direkt zu dem Versteck des Kanus unter den halbhohen Weiden und zerrt es ungeduldig heraus. „Leise und langsam," flüstert ihm Pa beruhigend zu, denn er hat gerade einen großen Bären erspäht, der mit einem riesigen Fisch im Maul direkt auf ihren Weg zugelaufen kommt. „Jetzt hat er uns bemerkt. Sei vorsichtig und bleib stehen und keine Bewegung mehr.“

Der Bär bleibt erschrocken stehen, er war sich seiner Beute so sicher, dass er nicht auf die Fremden geachtet hatte, die so plötzlich seinen Weg versperrten. Unwillig brummt er böse auf, denn er weiß plötzlich nicht, was er tun soll.

„Geht vorsichtig zurück, er kann gefährlich werden, wenn er hungrig ist. Mira, das gilt auch für dich, komm sofort zurück.“

Aber Mira reagiert nicht, sie ist gebannt stehengeblieben und schaut dem Bären fasziniert zu, wie er den Fisch fester beißt und mit wenigen Schritten direkt auf sie zutrabt. Dabei stößt er ein tiefes, böses Brummen aus, dann senkt er den Kopf und ist unschlüssig, was er als nächstes tun soll. Er scheint großen Hunger zu haben, denn er läßt den Fisch auf den Boden fallen und beginnt sofort, ihn mit seinen großen Zähnen in Stücke zu reißen.

„Mira, komm sofort her, aber ganz langsam, und dreh dich nicht um, sonst bist du seine nächste Beute. Mira!“

Aber Mira steht fasziniert vor dem Koloss, der sich plötzlich hoch vor ihr aufstellt, den Fisch fallenlässt und böse brummt.

Mit einem einzigen Prankenhieb will er Mira beiseite schubsen und seinen Weg freimachen, da trifft ihn Pas Speer in die Seite, und böse aufbrüllend dreht er sich zu seinem neuen Angreifer um. Der weicht geschickt aus, als der Bär auf die Seite fällt und im Fall noch Mira unter sich begräbt. Pa`'s Speer trifft ihn in die Seite und ein großer,, roter Blutstrahl schießt aus seinem röchelnden Maul.

„Mira, wo bist du? Warte, ich helfe dir, meine Kleine. Los, gib mir deine Hand. Mira, komm, gib mir deine Hand.“

Doch Mira antwortet nicht mehr, denn der Bär hat sie mit seinen Pranken zerdrückt, so dass jede Hilfe zu spät kommt.

„Mira, mein Liebling, komm, komm, du musst antworten, los antworte doch,“ schreit Ma auf und zieht das tote Kind an sich, das schlaff in ihren Armen hängt und aus vielen Wunden blutet.

„Mira, Mira,“ schreien die anderen auch untröstlich, aber Pa ist so verzweifelt und voller Zorn, dass er den Bären mit seinem Speer zerfetzt, ihm ist das Fell und das Bärenfleisch vollkommen überflüssig, er schreit und wiegt das tote Kind in den Armen. „Mira, meine Kleine, du darfst nicht sterben, hörst du?“

Aber alles ist umsonst, Mira, ihr Feuerkind ist tot, von ihnen gegangen, einfach so. Gemeinsam tragen sie ihr Kind zurück zu ihrem Sommerlager und Ma zieht ihre Kleidung vom zerfetzten Körperchen und wäscht sie zum letzten Ma liebevoll, dann nimmt sie das neue Kleid, dass sie gerade aus Eichörnchenfell und Vogelfedern hergestellt hatte, es war für Miras Lebensfest bestimmt gewesen. Und sie hat ihr auch neue Lederschuhe hergestellt.

Pa gräbt eine tiefe Grube direkt unter der Feuerstelle, damit ihre Mira immer in Gedanken in ihrer Gemeinschaft bei ihnen bleiben kann.

Die beiden Wölflein scheinen den Kummer der Familie zu begreifen, setzen sich vor die Höhe, und beginnen, laut zu heulen. Als sie diesen Kummer nicht ertragen können, erschlägt Pa aus lauter Mitleid Miras beiden Spielkameraden, sie werden Mira zu Füßen ins Grab gelegt, damit sie im neuen Leben zwei gute Freunde hat, die sie überall hin begleiten können.

Weinend schließen sie das kleine Grab, in dem nun Mira, das Feuerkind, in die Zukunft auf ein besseres Leben schlafen kann.

Und nach einiger Zeit fühlt Ma, dass die Große Mutter ihre Gebete gehört hat, und im nächsten Frühjahr kommt eine kleine, neue Mira auf die Welt, sie hat die gleichen rätselhaften, großen Augen ihrer verlorengegangener Schwester, und alle nennen sie sofort „Mira, ihr Feuerkind.“

Eine neue, kleine Mira ist wieder auf die Welt gekommen, ein großes Wunder für alle, die Erde dreht sich weiter und eines Tages werden wir staunend vor dem Grab des unbegreiflich schönen Steinzeitmädchen im Museum stehen, wieder auferstanden von einem Wunderwerk der Archäologen und Wissenschaftler der DNA und einem genialen Zeichner stehen. Wir werden Mira nie vergessen, sie lebt immer noch mitten unter uns.

„Alles Vergängliche, ist nur ein Gleichnis….“

Quellenangaben:

Feder – und Fellreste im Grab eines Steinzeit-Kindes
Zeichnung von Tom Bjorklund /Facebook
Literatur:
https://journals.plos.org/plosone/article?id=10.1371/journal.pone.0274849
https://www.helsinki.fi/en/news/culture/artefacts-made-bird-feathers-plant-fibres-and-fur-buried-child-mesolithic-stone-age.
.-.-.-.-.-.-.-.-.-
Ausflug in die Steinzeit
Text von Karel Sklenar – Illustrationen von Pavel Dvorsky und Eliska Sklenarova
Artia-Verlag, Prag 1985
-.-.-.-.-.-.-.-.-.-
Projekt Gutenberg D.E. - H. G. Wells
Ugh-Lomi - Eine Geschichte aus der Steinzeit
Autorisierte Übersetzung von Clarisse Meitner 1923
E . P. Tal & Co. Verlag -Leipzig / Wien / Zürich - 1.-3. Tausend

.-.-.-.-.-.-.

Die Kinder des Prometheus
Eine Geschichte der Menschheit vor der Erfindung der Schrift
Hermann Parzinger
WBG. 2. Auflage 2015

.-.-.-.-.-.-.-

Steinzeit – Leben wie vor 5.000 Jahren
SWR-Theiss-Verlag 2007

.-.-.-.

Konrad Spindler – Der Mann im Eis
Die Ötztaler Mumie verrät die Geheimnisse der Steinzeit
Bertelsmann 1993

Weitere Bücher von Karin Fruth:
Literaturliste Stand: 20.02.2024

Atacama ruft…   78-3-347-737701-3
Das Stahlmann-Projekt   978-3-347-720442-2
Donna Esmeraldas Welt   978-3-347-67708-1
Der Künstler Peter Petri   978-3-347-70855-6
Rusalka und ihre Kinder   978-3-347-71335-2
Asphodelen inbegriffen   978-3-347-62740-6
Wo ist Kathy Kappenstein?   978-3-347-59374-9
Alpha und Omega 2027   978-3-347-58057-2
Alpha und Omega 2027 - Teil 2   978-3-347-57823-4
Alpha und Omega 2027 - Teil 3   978-3-347-61760-5
Olympic Eagles   978-3-347-63346-9
Candis Welt   978-3-347-60645-6
Sommer in Kamtschatka   978-3-347-62515-0
Aufbruch von Magneterra   978-347-62345-3
Die blaue Tür   978-3-347-59095-3
Blaue Augen für alle   978-3-347-58782-3
Mein Freund Robby   978-3-347-59692-2
Mahbata Weltraumwesen   978-3-347-59292-6
Asche - nur Asche   978-3-347-57123-5
Hundstage in Anafiotika   978-3-347-57406-9
Warst du wirklich in Archanes?   978-3-347-56707-8
Familiengeschichte aus Ostpreussen 978-347-80123-3

Wenn Sie dieses Buch „Feuerkinder" bei Tredition.de bewerten und
parallel eine Mail an mich persönlich schicken (Bewertungsnachweis,
Verbesserungsvorschlag, Name, Adresse…), dann können Sie eines der
oben genannten Bücher bei mir kostenlos anfordern.

Das Angebot gilt bis zum 15.05.2024

Ich freue mich jetzt schon auf Ihre Rückmeldungen!

Adio! Bis dann!

Karin Fruth